Strangers On A Pier

Portrait of a Family

碼頭上的陌生人

歐大旭——著　宋瑛堂——譯

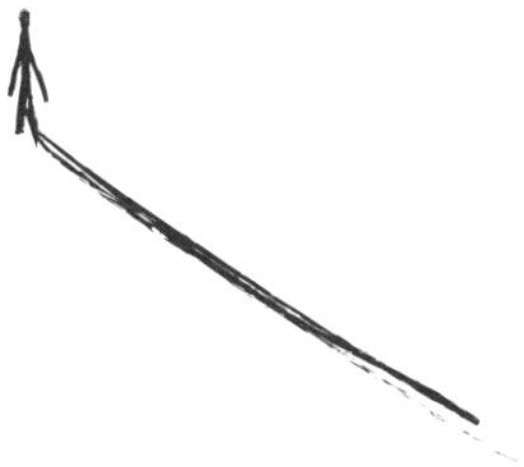

TASH AW

「浮羅人文書系」編輯前言

高嘉謙

島嶼，相對於大陸是邊緣或邊陲，這是地理學視野下的認知。但從人文地理和地緣政治而言，島嶼自然可以是中心，一個帶有意義的「地方」(place)，或現象學意義上的「場所」(site)，展示其存在位置及主體性。從島嶼往外跨足，由近海到遠洋，面向淺灘、海灣、海峽，或礁島、群島、半島，點與點的鏈接，帶我們跨入廣袤和不同的海陸區域、季風地帶。但回看島嶼方位，我們探問的是一種攸關存在、感知、生活的立足點和視點，一種從島嶼外延的追尋。

臺灣孤懸中國大陸南方海角一隅，北邊有琉球、日本，南方則是菲律賓群島。臺灣有漢人與漢文化的播遷、繼承與新創，然而同時作為南島文化圈的一環，臺灣可辨識存在過的南島語就有二十八種之多，在語言學和人類學家眼中，臺灣甚至是南島語族的原鄉。這說明自古早時期，臺灣島的外延意義，不始於大航海時代荷蘭和西班牙的短暫占領，以及明鄭時期接軌日本、中國和東南亞的海上貿易圈，而有更早南島語族的跨海遷徙。這是一種移動的世界觀，在模糊的疆界和邊域裡遷徙、游移。透過歷史的縱深，自我觀照，探索外邊的文化與知識創造，形塑了值得我們重新省思的島嶼精神。

在南島語系裡，馬來—玻里尼西亞語族（Proto-Malayo-Polynesian）稱呼島嶼有一組相近的名稱。馬來語稱 pulau，印尼爪哇的巽他族（Sundanese）稱 pulo，菲律賓呂宋島使用的他加祿語（Tagalog）也稱

pulo，菲律賓的伊洛卡諾語（Ilocano）則稱 puro。這些詞彙都可以音譯為中文的「浮羅」一詞。換言之，浮羅人文，等同於島嶼人文，補上了一個南島視點。

以浮羅人文為書系命名，其實另有島鏈，或島線的涵義。在冷戰期間的島鏈（island chain）有其戰略意義，目的在於圍堵或防衛，封鎖社會主義政治和思潮的擴張。諸如屬於第一島鏈的臺灣，就在冷戰氛圍裡接受了美援文化。但從文化意義而言，島鏈作為一種跨海域的島嶼連結，也啟動了地緣知識、區域研究、地方風土的知識體系的建構。在這層意義上，浮羅人文的積極意義，正是從島嶼走向他方，展開知識的連結與播遷。

本書系強調的是海洋視角，從陸地往離岸的遠海，在海洋之間尋找支點，接連另一片陸地，重新扎根再遷徙，走出一個文化與文明世界。

這類似早期南島文化的播遷，從島嶼出發，沿航路移動，文化循線交融與生根，視野超越陸地疆界，跨海和越境締造知識的新視野。

高嘉謙，國立臺灣大學中國文學系副教授，著有《遺民、疆界與現代性：漢詩的南方離散與抒情（一八九五—一九四五）》、《國族與歷史的隱喻：近現代武俠傳奇的精神史考察（一八九五—一九四九）》、《馬華文學批評大系：高嘉謙》等。

目次

自序

美國文豪兼民權鬥士詹姆斯．鮑德溫（James Baldwin）曾自述童年觀看西部牛仔片的經驗，這段感想為人津津樂道。他表示，兒時見演員蓋瑞．庫柏（Gary Cooper）對美洲原住民趕盡殺絕，自己是邊看邊叫好。他也自述，後來赫然發現，印第安人其實代表自己這種人。鮑德溫寫道：「我至為震驚，發現自己的祖國竟有一套現實體系……長年累月並未演化出容得下自己的一塊餘地。」

身為華裔馬來西亞人的我，在族裔歧視的主題下引述鮑德溫，等於是自惹排山倒海的議論，更引人咒罵：你不知好歹，生長在馬來西亞也受公家教育，而你的父母、祖父母、曾祖父母能移民來這裡求職成家，另創一片天，你竟敢自稱這國家容不下你。你竟敢不知感恩——因為，搞清楚啊，**這不是你的國家**。

而我無從否認的事實是，我父母與祖父母的確能在馬國生根茁壯，我本身的童年和青少年時期也多少享有公家福利（但我也不禁苦笑，結婚、生子、求學、就業是最基本的人生歷程，居然在二十一世紀、在自稱已開發國家的馬來西亞被視為一種特權。）若說我在馬來西亞的日子是一本記錄簿，無論是以兒時的我或中年的我而言，我都無法斷言憤怒的日子多於歡樂的日子。

然而，當我讀到鮑德溫自述牛仔追殺印第安人的感想時，讀到他提及身分歸屬錯置時，我倏然明瞭他的指涉。在我五、六歲那年，我頭一次聽見馬來文 Cina Babi——中國豬，懵懂不知自己也屬於這一類，挨罵了還不自知。不久後，我首次聽見「回中國去」，竟以為這話的對象是錯過班機滯留馬來西亞的北京人。稚嫩的心智為保護幼小的身軀，總有辦法編織一套錯綜複雜的說詞。當時的我毫無概念，不知自己跟鄰居或同學有何差異。當時我知道我們在家講中文，也知道很多人在家不講中文，但我並不認為這能證明我們是異類或受排斥，因為在校或在其他場合，我跟大家一樣，都講馬來文混雜英文口語。我童年所住的吉隆坡是廣東人砌築而成的，北部的檳城造鎮元老則是福建人，甚至直到今天，粵語和福建語仍蔚為這兩市的主流語言。我怎知自己所屬的族群是全國其他地區心懷疑慮甚至痛恨的族群？

到了我十歲、十一歲仍就讀小學的時候，我逐漸意識到身為大馬華人的意義，只是仍無法以言語適切表達而已。識趣的我不在非華人面前講中文，漸漸在公眾場合避說中文，然後甚至也不和父母講中文。遠赴英國大學深造，我才開始從遠方遙望童年，在全無羅盤或地圖的情況下，迷航在自我認同的汪洋中。我從何得知該怎麼認同？

導航工具和知識應由父母傳承給下一代，可惜被我父母扣住了。他們從不向我解釋我們的定位，從不回溯移民到馬來西亞的歷程，從不說明他們從小如何面對我如今聽見的辱華言語。他們不發一語，因為他們不希望我產生異類感，因為他們要我歸屬，至於他們自己有無歸屬感並不重要。然而，緘默的先決條件是抹淨過往，他們一方面要我歸屬，另一方面卻剝奪了我的歷史觀。歸屬和歷史是一體的兩面，缺一不可。針對被欺壓的族群，鮑德溫寫道：「他的父親無法告訴他任何事，因為他的過去已然消失殆盡。體系……摧毀他的現實感。」

這本書的初始靈感從何而來，我不太能確定。或許是在新加坡的那場書友會，有民眾問到，為何我書寫大馬華人時，老是聚焦在苦難，對愛的著墨很少。那天我父親首度出席文學年會，聽見了民眾如此問，有感而發：「那是因為我們沒空愛來愛去的。」我聽了很生氣，因為我知道沒那回事，我明明親睹他多麼愛我母親、愛他的兒女，差別只在於他表達的愛不像文學或電影裡的那種愛。他表達的親情疏遠而不夠溫柔——卻是不折不扣的愛。

靈感也可能來自另一場書友會。會中，我和馬來西亞知名作家李永平（Li Yong Ping）同台，他見我描述個人經驗時詞窮，一手落在我肩膀上，對觀眾說：「身為華人既是一份福氣也是一種詛咒。」

靈感也可能滋生在一次訪問之後。我接受過無數訪問，那次的記者來自西方國家，訪問了很久，不斷問我中國這中國那的，我疲於解釋 Chinese 未必全來自北京，再三說明世上有形形色色的 Chinese。

我想寫一本重建家族史的書，並非因為我念舊心重，也不是戀棧往事，而是因為我想讓現實感在我的世界裡復甦，亦即鮑德溫筆下那一個被體系欺壓消音而傾頽的現實。我們的緘默源於恥辱與恐懼，緘默進而迫使我們退縮到無限小，細微到隱形，以順應國族與社會論述，乃至於如今我們也從文學消聲匿跡，從歷史拭淨。我們的故事怎麼寫，全由外人取決，由此我們成為外人心中有鬼的寫照：華人全是貪贓枉法的富商、不忠不義的異族、狡猾的入侵者。我想為兒時親友寫一本重拾文學定位的書，因為我讀過的文學裡找不到他們的現實，因為我們曾同謀毀滅那段淒美歷史。我想把我們的緘默轉化成較強勢、較充滿希望的東西，以便把緘默趕進往昔，另創一個大異其趣、聒噪鼎沸的未來。

第一篇

臉

Pom mai ben Thai. Watashi no nihonjinde wanaidesu. Jaesonghaeyo, han-guk saram ahniaeyo. Bukan orang Indonesia. Ma Nepali ta hoina.

〔泰語：我不是泰國人。日語：我不是日本人。韓語：我不是韓國人。印尼語：我不是印尼人。尼泊爾語：我不是尼泊爾人。〕

以上用語都能闡述我們不屬於的族裔，都能為我們的歸屬故事起個頭。

歐大旭的父親與叔叔

第一章

我在曼谷搭計程車，同車朋友是個泰語流利的歐洲白人，怪的是，每次朋友開口，運將轉頭回應的對象總是我。我對運將搖搖頭，說Pom mai ben Thai，我不是泰國人。**不是泰國人**。運將照樣對我講泰文，不理我朋友。在這詭異的三方對話裡，我是個被動的傳導體。

有一次在尼泊爾，我來到博卡拉（Pokhara）以西的丘陵區，村裡有位小學老師一口咬定我是古隆族（Gurung）人，是驍勇善戰的牧羊民族。我說我是馬來西亞人。他說，確定嗎？說不定你爸是廓爾喀（Gurkha）

軍人，曾對抗過馬來亞共產黨。後來，一星期沒照過鏡子的我凝視自己的臉，鏡中，登山遠行多日的雙頰被曬得瑰紅，豔陽下的我變瞇瞇眼，見自己一臉外國人長相——更貼切的說法是，貌似本地人。搞不好，我真的屬於古隆族。

我搭國泰航空從上海飛香港，驗票時，登機口的中國大陸服務員講普通話，驗完票對我說再見，我往前再走二十步，機門前的香港華人空服員用粵語歡迎我。(我不禁留意到，其他華裔乘客多半沒受到這款雙語待遇。)

肯定是我的長相在作祟。我的五官缺乏族裔屬性，不怎麼特出，皮膚的色調變幻無常，在日照乏力的北國氣候裡變白，進入熱帶一兩天立刻黑回來。我這張臉能融入亞洲文化景觀中：在印度以東，我的族裔身分具可塑性，能順應周遭人群自我變造。有時候，我懷疑自己是否無意間自我調整言行舉止，以滲透環境中。去年我赴東京參與文學祭，問路時，對方講的話我一個字也聽不懂，我卻頻頻點頭表示禮貌。似乎沒人知道也不在乎我是哪裡人，這點令我無奈，但我也懷疑，我該不會喜歡被誤認為本地人吧。在有些國家，例如泰國，我能瞎湊單字，講幾句基本對話，我常發現自己在模仿當地口音，結果更讓當地人滿頭霧水。話說回來，當地人也聽得高興。等我最後揭露自己背景時，他們會笑嘻嘻說，你跟泰國人一樣啦。他們會用食指對自己臉孔比劃一圈，意思是，我的長相和他們相同。

和我一樣啦。也許，這無關長相，而是因為我們但願大家都能和你我一樣。我們希望陌生人是自己人，是我們能理解的人。

第二章

馬來西亞被林木密生的山脈一分為二，我祖父和外公被山脈隔開，都住偏鄉，都住在黃濁濁的大河畔，一個開店，另一個在村子裡當老師。一個住霹靂州小鎮巴利（Parit），離華都牙也（Batu Gajah）不遠，州府怡保（Ipoh）就在華都牙也附近。另一個的行腳比較飄忽，輾轉住過幾座偏遠的叢林小鎮，例如屯帕（Tumpat）和特滿甘（Temangan），後來搬到馬來西亞偏遠的東北岸，來到信奉伊斯蘭教的吉蘭丹州（Kelantan）核心，在瓜拉吉賴（Kuala Krai）立足。一個是福建人，講閩南話，另一個是海南島人。海南島位於中國最南方，緯度幾乎低到越南中海岸，搭船幾天就能橫渡南海到馬來西亞。

（插播一下：不只福建人、海南人，還有廣東人、客家人、潮州人，各有不同，全看得出東南亞華僑的祖籍。這些籍貫對瞭解全文很重要，務必記住。）

在一九二〇年代，我外公和祖父先後冒著生命危險，乘船從中國南方來到馬來半島。當年，中國鬧饑荒，軍閥割據，內戰一觸即發，十幾歲的兩人不惜離鄉背井。我猜，他們的家人恐怕不太懂軍閥時期的政治亂局。他們倒可能明白滿清剛被推翻，中國不再由皇帝統治。然而，千年帝制霎然崩塌，殘垣中的人民何去何從，他們一定無從理解，一定也不明白蔣介石率領的國民黨和日益壯大的共產黨之間有什麼糾葛，為何愈吵愈火爆。他們置身於大時代卻渾然不知，不曉得自己生活在終結所有年代的年代，是一部長篇小說裡轉折的開端，而故事如今才剛接近轉捩點。他們那年代是起跑點，中國即將奔向未來，百年後將引發世人無限遐想。但是，他們無緣目睹祖國成為全球商品的廠房，成為愛用奢侈品的最大國，蔚為全球第二大經濟體，只看得起美國。在我祖父和外公即將轉大人的那些年，他們只想逃離赤貧。

　　而在那段時期，康莊大道幾乎全指向中國以南那座浩瀚半島上的溫煦沃土。數世紀以來，中國皇朝構築了一套貿易網，與附庸國、屬地建立恆久交情，以新加坡和麻六甲的海港為樞紐。南洋是新希望之邦。

　　有時候，我抵達紐約或上海這類歷代移民紛至沓來的港市，我不禁遙想外公和祖父步上新加坡碼頭的那一刻，他們雖踏進未知，所見所聞卻有一股莫名的溫馨感吧？當時空氣濕熱，完全吻合家鄉的漫漫溽暑。新家缺乏冬季，沒有涼爽幾天的機會，但他們暫時還不知道。環境充滿闊葉常綠樹和水道，鄰近大海，這特點也近似故土。氣息：潤土、腐菜，更有糧食和契機的氣息。但最重要的是當地人，當地人讓他們覺得自己能在此地定居。這裡是英國殖民地，卻也是自由貿易城，舊時如此，當前亦然。外籍人士入境容易，找工作也輕鬆，於是落地生根。在英國殖民政府統治下，八十年間廣納炎黃子孫移民，開發自然資源，如今新加坡到處是華籍客工、碼頭苦力、馬來錫礦工和農場傭工後裔，也不乏批發商和小生意人，藝文人士和文字工作者。新加坡有華人報紙，有掛著繁體字優美招牌的華人店家，有華人中小學，甚至有一家銀行就取名華僑銀行（Overseas Chinese Bank）。我祖父和外公並不孤單。其實再過幾代，他們會受推崇為先驅志士。

上船前，有人給他們一張紙，上面寫著鄉親的姓名地址。他們視這張紙為至寶。船上其他人也帶著親戚或早先移民南洋的同村某人姓名地址。踏上新加坡碼頭後，他們開始打聽紙上的老鄉。只不過，人海茫茫，從何找起？這地方既陌生又熟悉，剛下船的人尚未確定地理方位，沒人曉得哥打峇魯（Kota Bharu）離新加坡多遠，也不清楚雅加達是否比檳城更接近麻六甲。曼谷在北邊沒錯，但究竟多遠也沒人知道。他們佇立碼頭邊，思索著下一步該怎麼走。

陌生人，在碼頭上徬徨。

我常想起這一幕。例如幾年前，我去摩洛哥，在馬拉喀什（Marrakech）遇到一位求職無望的年輕人，他說他想去紐澤西投靠一位伯伯。他的計畫是想法子先前進倫敦，然後「就……嗯……跳向」美國。上次我去雅加達，遇見一位計程車司機，他竟以為只要五六小時就能從印尼到英國和荷蘭，以為到了那裡，工作可能一找就有。我告訴他，那一趟要飛十四小時之久，他不信。他吹一聲口哨說，幹，飛那麼久，都能飛到格陵蘭島了。

我的祖父和外公。在碼頭上徬徨的陌生人。

福建人也好，廣東人也好，潮州人也好，海南人也好，對於一個來自中國的新移民而言，籍貫至為關鍵。籍貫無關認同——還沒到那階段——而是生死存亡的關鍵。講得出家鄉在哪，也會講方言，就能確保移民不會餓死在新國家。日後，籍貫能左右移民新生活的方向，也極可能影響子女將來，甚至可能影響到下下一代。他們照地址尋覓的老鄉是福建或廣東人，能先讓他們有地方睡，有飯菜可吃，隨後憑這位老鄉的人際關係物色到工作。老鄉若非血親，仍能像遠親般照顧剛下船的移民，讓移民終生難忘入境之初蒙受的恩情。華人常以叔伯姨嬸稱呼老鄉，移民依習慣也如此稱呼較年長的在地人，在南洋喊得更殷勤，結果過了兩代之後，孫兒女不太清楚某伯伯或某阿姨究竟是親戚，或只是曾關照過爺爺的陌生人。

再過幾代，這些烏合大家族會像他們住的茅舍，逐漸出現裂痕，住民開始出走，原因不外乎家族恩怨紛爭，有人會開始唸，其實啊，她跟我們沒什麼親戚關係。就這樣，家族緩緩分崩離析，後代結婚移民到加拿大、澳洲、美國，不再知道如何稱呼長者，不清楚該如何尊稱上一輩或下一輩，講不出這群世家專屬的方言，甚至連潮州菜也一問三不知，看地圖絕對指不出廈門的位置，最慘的是連自己的中文姓名都不認識。離鄉讀大學的兒女回來，見家裡多了一個小叔，不是真的叔父，只是輩分稱呼而已，也許爸媽忙著上班，請這年輕人照顧小小孩，從大學回家的兒女會隨口喊他「嘿，老兄」。上過大學的他們或許會改信基督教。甚至可能和穆斯林通婚。如果提醒他們是福建人或客家人，他們聽不進去，反而會回嘴說祖籍不太重要，反正都已經搬去沙加緬度、溫哥華、墨爾本了。話雖這麼說，有天他們遇到一個剛取得亞洲研究學位的白人青年，而這小子大三那年待過北京。白人小子問他們說，欸，你們在家講什麼方言？這白人普通話流利，夾雜很多俏皮的四字文，他們約略聽得出這叫成語，卻摸不著邊，一臉迷茫。剎那間，他們的腦筋活起來，啟動自動翻譯模式，進粵語詞庫搜尋同樣的成語，可惜詞意遲遲無法破霧而出，思緒變得亂糟糟，在腦海反覆兜圈子，宛如蘋果電腦卡頓時的七彩旋轉輪，硬是兜不出一個滿意的解答。他們會考慮打 Skype 問父母，卻又覺得彆扭，因為老實說，他們從小懶得講方言，這下可沒輒了，因為 Google 不翻潮州語。於是最後，他們還是打給爸媽，可惜老人家對科技一竅不通，捧著新 iPad 也不會用，隨即，電視開始演《權力遊戲》（*Game of Thrones*），疑問遂不了了之。

儘管如此，腦海裡的迷霧依舊不散，時時刻刻醞釀中。

但現在麻煩比較容易解決了。你明白自己的族裔，能直接尋找族人，能求助潮州語裡所謂的「家己人」。找對了人，跟緊一點，就不會再拉警報。

可想而知，我外公和爺爺也帶著同鄉的姓名地址。可是，這些鄉親到底是什麼人？以我外公來說，他投靠的福建鄉親究竟是誰？這人透過朋友或親戚，協助我外公從馬來半島北上，來到廣東人雄踞的怡保，在錫礦坑密布的石灰岩谷裡落腳。在東北部，馬來和暹羅交界處是伊斯蘭重鎮，當地有個偏鄉，以叢林為依傍，最早在這裡建立家園的海南島祖師爺是誰？我們想不透。是我童年「堂哥」的伯公吧？也可能不是他。我——我們可以再問問看。

情形總是如此。我去問某人，某人去問某人，再問別人，但答案每次都一樣：不知道。

第三章

在吉隆坡，在我父母的公寓裡，我坐在陽台上，和父親閒聊他的兒時往事。這是難得的景象。我不是說我們父子很少閒聊，只不過，閒聊也是最近才有的互動，好比是近年才掙得的名貴奢侈品，畢竟父子倆年歲大了，針鋒相對的態度隨歲月軟化。父子倆坐下來對談，無時間限制，沒有特定意圖，語氣溫和，我和他都還不太習慣。這場合僅能偶爾淺嘗，而且食緊會弄破碗。

真正難能可貴的是，他鮮少提及往事，絕少談他個人的過往。我和我父親的觀念新潮，表面上甚至很西化，但骨子裡，我們是個傳統華人家庭，而最能彰顯這一點的是父子之間的交流和互相傾訴的心事。我們彼此不坦承自己的軟弱或苦楚。失戀、低潮、對人生意義存疑等等話題，全屬於異文化和年輕一代，懂佛洛伊德、心理治療、有機蔬菜的知青才談。心靈脆弱是件丟臉的事，甚至算是禁忌。而在人類缺憾的等級裡，最嚴重的短處莫過於貧窮。難堪的東西，非全鎖進往事籠裡不可。

能駕馭亞洲人矜持寡言的特點，以順應當代中產階級生活，我們才是既傳統又真正現代的亞洲人。這是放諸全東亞皆準的實情，不只在馬來西亞才有。窮人發財了，寒酸舊事甭提；探討歷史是顧後而不瞻前，而我們只關心未來。或許，面對文化大革命這類天翻地覆的慘劇，中國的對應之道正是迴避不提吧，我向父親暗示。（我暫時不願直擊他的往昔；先討論別人的歷史創傷，可能較容易從旁觸及他的人生事蹟。）也許，文革太沉痛了，對親歷文革的人而言，壓抑那段記憶似乎比較輕鬆，不願咀嚼那顆苦果，因為文革包袱一解開，往事全飛出來，盤踞所有意識，腦裡容不下其他思想，不是嗎？因此，對這些人來說，現在富足了，提著名牌包包、住公寓大廈、遊山玩水、受高等教育、進餐廳大啖佳餚，純享樂就好，談歷史太痛苦了。重點在於講究實際：他們只想過日子。

「不是講究實際，」我父親回應。「是恥於回首。」

我一聽，愣住了。他很少言語這麼直率，而且隱隱透露著告白的弦外之音，是暢所欲言的序曲，更令我詫異。我小時候，多盼望父母能對我們坦白一點，希望能多牽手多抱抱，像電視劇《天才老爹》（*The Cosby Show*）之類的美國家庭，這時我卻突然窘促不安，彷彿亂入一個最好別探索的祕境。我有點想伸手拿 iPhone，錄下父親呼之欲出的言語，但我沒動作，只坐著鵪候；空氣裡有一股吹彈即破的氣息。

父親對我提起他最久遠的記憶。在馬來西亞北部叢林邊一個接一個偏遠小鎮，他在遠親照顧下長大，他的父親行遍全國找工作，他的母親另地照顧他的三個弟妹。她沒空也沒資源栽培他。他已經快大到可以離家自力更生的年紀了。那年他七八歲，不對，九或十歲。說真的，他記不清了。

他只記得自己在新加坡登船。對，一定是從新加坡出航，北上吉蘭丹州，來到全家日後定居的那個東北部。同船乘客裡，有幾位剛從中國和印度來的移民。印度穆斯林乘客在船上祈禱，然後分飯給他吃，一些白米飯而已，不過是上等白米，潔白營養，印象裡比那更可口的飯沒幾頓。他記得我爺爺為了找工作，一出門就幾星期不回家，甚至幾個月不見人影。他記得我爺爺找到工作，家裡有一小段衣食無缺時期，能好好吃三餐。我爺爺具書法才華，曾兼差執筆揮灑招牌，賺一點外快。多年後，他們路過商店，抬頭見金黑色招牌，他認得出我爺爺蒼勁的筆跡。他也記得，十歲那年，他才有鞋子可穿，還嫌鞋子笨重。我聽過其中幾段往事，但多數前所未聞。他也提起同父異母的妹妹，我和她不熟。父母認為她沒有受教育的命，她十歲就被送去火車站，一副苦兒相的她無票上車，穿梭在馬來西亞和泰國之間，向乘客兜售小包小包的食品。我父親幫她墊高，讓她拿棍子撐開車窗，鑽進火車廂。這套計畫本來行得通，可惜有一次她摔下來，手臂被棍子戳穿。這事我頭一次聽到。

聆聽他提起兒時日子多苦，言談間毫無怨懟，我在心中寫下第一個驚嘆號。他的敘事不屬於苦中作樂那一型。像他這種出身，回憶時照理說應該唉聲嘆氣才對，但他也不是。這時我回想起，小時候我曾旁聽到他和吉蘭丹州鄉親的對話。有些鄉親態度比我父親開放，也比較健談，會討論鄉下的苦日子，他們的談吐在我如今看來，也有類似我父親那種隱忍，算是承認並非人人出身皆優渥的現實。社會缺乏公平，貧富層級分明，他們認命了，因為他們相信，努力者必能步步高陞：

他們將能受教育到某等級。

他們將有好日子可過，不發大財也無所謂。

他們將能在大都市裡生活、工作。

他們的子女會成為專業人士，進帳可觀。

他們的孫兒女長大會晉升中產階級，過著富裕的日子，窮苦的觀念不再有，貧窮只在低收入的鄰國柬埔寨或孟加拉才有。

如同多數移民，在教育、職業和地位爬升等志向方面，我父親和吉蘭丹州鄉親有同一份根深蒂固的觀念，正因如此，美國是他們意識形態上的朝聖地，也正因如此，家離美利堅一萬英里的我不到十二歲就懂美國學力測驗SAT是什麼。英國和歐陸古國的文化固然引人入勝，只可惜它們太沉湎於輝煌的往昔了。美好的前景在美國才對。(他們萬萬沒想像到，淒慘的祖國竟能跌破眾人眼鏡崛起。)

「這些全是窮人故事啦，沒意思，」他打斷自己的話。「講了怕你無聊。」我表達異議，請他再多講一些，因為我很難得聽他細數往事點滴，而且老實說，我聽得略略窘迫。父子如此交心，他勢必要自揭瘡疤，我聽了會不太自在。好比我十四歲那年陪他打網球，下場後一起進更衣室，他彆扭決定剝光衣褲，父子倆只好裝作彼此都無所謂。我硬壓住聳聳肩不再談的衝動，因為父親雖然還沒有愈談愈起勁，他掀開的這話匣子已經是我從沒聽過的祕辛。他緩緩一層層剝開記憶，我更想進一步知道更多內幕。話題仍在空中盤旋，不切入核心，我想瞭解爺爺移民南洋的最早期，卻覺得話鋒仍在天邊。爺爺在我出生前過世，那年我父親十六歲。我對爺爺的認識僅止於皮毛，例如他曾在村裡的小學當老師，寫得一手好書法，後來開一家咖啡店，愛抽菸的他死於咽喉癌。除此之外，我對他的認識少之又少，他的性情、怪癖、特異風格等等，在個人寫照裡付之闕如，難以活化他的本尊。而他個人寫照本來就畫得簡陋，簡直像一幅素描，年久疏於保存，擺到受潮，線條也糊掉了，連輪廓都朦朧難辨。從小，我就對這幅畫耿耿於懷。然而，聊到這裡，我父親躊躇不前，不知該怎麼說下去，父子對話列車突然卡進山溝。

無言之中，我想到有一型移民令我很無奈，原因是他們為了徹底融入新環境，竟把本身的文化行囊拋棄殆盡。和這一型完全相反的極端是死抱祖國不放，巴望著退休後飛奔回他們剛離開的故土。遺忘型移民的問題在於，想一筆勾銷舊事，並不是踏上新國家後就能起筆劃下句點，而是邊走邊刪，反覆清除過往，直到最後在歷史上找到合適的原點，一個缺乏情緒羈絆又不傷神的原點，從這原點重新敘事，把自己刻劃成奮發向上，故事線清爽，攙雜幾許精美包裝過的傷痛，最後當然總能一一克服，爬升至安康、成功、幸福的境界：

我們是中國來的貧民；我們辛勤工作，熬過一段苦日子（其實也沒太慘），一路走來也遇到幾次障礙，不過，看看我們，現在總算出頭天了。

可是，你們到底是怎麼挺過來的？怎麼會淪落到叢林邊雞不拉屎的部落？在那裡，養寵物狗會被老虎叼走。是什麼樣的一連串因緣際會，你們才搬到那裡？「障礙」究竟是什麼樣的難題？另外，無言再無言，含在嘴裡的到底是什麼？（疑問這麼多，原因是我童年常有近親長年住院，其中有一兩位病逝，不依華人習俗盛大辦喪事，家人也鮮少再提及。等我大到三十多歲，才發現他們其實被送進精神病院，身心疾病被歸類為發瘋，被關進土法煉鋼式的髒亂場所，死後美其名病故，事實是自盡。

我也明瞭到，遠親近親當中，男性罹患身心症的比率超乎常態。而且不僅在馬來西亞如此，在中國的家族歷年來自殺比率也超高。所以，我才想問一問。）

這些家族史汙點亂七八糟的，我們的命運線改造得流暢俐落，在現代亞洲史裡怎麼容得下？國族敘事線也依循同理，令我們不安的紛爭和整段歷史都被刪個精光，只因汙點能破壞亞洲人中產階級勃興的故事線。世界銀行稱中產階級為「收入中上」，不久能躋身高收入階層。在這故事中，種族、宗教、階級的種種小衝突一度存在，但迅速被克服，如今不再侵擾我們。國與國之間的界線顯示文化與族裔的差異一直存在，能為當前民族主義論述提供合理辯駁（兩地之間從未有過任何交集，幾十年前至今，兩者一直不屬於同一族群）。幾次血腥暴動導致死傷無數，幸好我們能記取教訓（錯，從來沒有發生過**大屠殺**）。歷史起始於特定時間點，欣然東跳過十年，西略過半世代。不分國別，華人動不動談歷史傳承，大手筆拍片，主題卻不脫遠古朝代，距今一千多年。中國四大經典名著之一《三國演義》場景在西元三世紀為止，人人上學都讀過，少說也拍成七部劇情片，電視劇更不計其數。年代設定那麼久遠，故事顯得保險而無傷大雅。發生在三、四、五十年前的事另當別論，因為幾十年前的歷史比較令人心情七上八下。

然而，官方傳記片的缺點是索然無味，國家、族群、個人雖然挺過動盪年代，戲劇張力卻不夠看，不扣人心弦，因為邏輯太縝密了，無言的橋段付之闕如——無言代表未經探索的黑暗禁區，讓人更能理解原來的你我他、人事地物泥淖、將來何去何從。簡而言之，想認清自我，必須先認識亂七八糟的汙點。

我父親說得對。重點不在講究實際，而在於恥於回首。所以我們才剪接故事，改變人設，不僅改給別人看，也為了自己。在吉隆坡，在胡志明市，在東南亞各地，我們撤掉所有蘇格蘭、英國、法國街名，改以民族英雄命名，不再以殖民者姓名稱呼。重拾國家傳承的舉動有其必要，而且也理所當然，但這麼做卻和恥辱脫不了關係——被殖民是恥辱，身為遠方帝王的子民是恥辱，臣服於強權富國是恥辱。貧窮意味著軟弱，是恥辱，就算如今摩天樓林立、高鐵飛竄亦然。故事開頭漫長的那幾章由他人主述，我們嚥不下這口氣，索性刪除部分章節。但是，講故事的人都知道，刪節的過程很容易成癮，畢竟在亂七八糟的汙點下面，有個完美的故事等著面世，於是我們拿起編輯鑿子，一鑿難以釋手，鑿掉故事一大塊，再敲再琢，最後鑿出一整套潔淨無瑕疵、平凡無奇的形式，才算滿意。

但想想看，假設你在檳城搭計程車，請運將載你去 Lebuh Leith 會怎樣？在我印象裡，官方地圖都一直這麼稱呼那地方。不料運將說，「喔，你指的是Leith Street吧。」（譯註：Lebuh Leith和Leith Street都是指Leith街，但前者是馬來語，後者是英語）故事表面上剪輯得清爽，底下卻仍隱含汙點，被我們隨身攜帶，不明言，不坦承。以往的對立和衝突也滯留在我們心中，不受檢視，未經處理的創傷滲入社會架構裡。

正因如此，我才重視爺爺深入吉蘭丹州定居的緣由，所以如今我才和父親對坐，尷尬無語，忍著不去再拿一瓶汽水給自己，或再幫他倒一杯茶，父子分食的一碗花生吃光了也忍著不去添滿，不看手機有無簡訊進來，總之什麼雜事都不做，以免打破這突然僵掉的場面，就怕結束這次不期然的交心。不知為何，我覺得，他的敘事或許有助於解釋我臉形的稜角為何愈變愈分明，擺脫了母系遺傳的那份歡喜嬰兒肥。或許這也能解釋，為何我在東南亞總被誤認是當地人，為何總沒有人猜對我的老家在哪裡。然而，談到這裡卻觸礁——也許我問太多了，也許我碰觸到禁忌，也許我父親後悔向我透露這麼多。

我們對著遙遠的市景沉思，雙子星塔在矮一大截的高樓中昂然矗立。今天無霾，從我們這郊區望去，幾英里外的鬧區以背後的山脈為屏障，在巴生谷（Klang Valley）中有份異樣的安詳。在這樣的天光之下，丘陵近乎藍色。這時吹起一陣疾風，颳走桌上的幾個花生殼。公寓裡我母親正在呼喚，我不理她，繼續等。

第四章

雨季來臨，豪雨傾盆，灌到教室窗外變得霧茫茫，散發灰珍珠光澤。操場邊緣那一排相思樹變得模糊，輪廓隱遁，化為水濛濛的幻影。教室隔壁是福利社，以鋅製浪形板為屋頂，雨點嘩嘩敲擊著，吵到聽不清同學講什麼話。這天課堂被取消了。強降雨、打雷、停電，教室太暗，字看不到。最樂的是，老師和半數同學一樣，在大雨成災的這天進不了學校。雨季偶爾會譜出這種插曲，不僅在「甘榜」社區（kampung，都市新村，其實只略比貧民窟高一級）如此，連郊區和公路也水滿為患，遍地皆奶茶，水深及膝，挑釁著蠻勇的駕駛往前衝，等著看泡水車的好戲。深邃的排洪道變城市激流，幼童戲水不慎被洪水沖走，日後難免傳出至少兩三件幼童溺斃的憾事。即使家住好地段的郊區，吉隆坡小孩都懷有生死一線間的意識。

教室裡，固定式百葉窗老舊，卡住了，關不緊，難以抵擋挾帶雨點的強風，我們只好把木桌推向教室中間。剛從師範學院畢業的代課女老師埋頭讀自己的書，不時抬頭瞧我們是否守規矩，愈來愈懶得理我們。她沉迷小說世界中。後來有同學聲稱，就算她用地理課本包住小說，書封有個心醉神迷的女郎，是一本香豔的英雄救美羅曼史。鄰校的修女學校有些女生開始買這類米爾斯布恩（Mills & Boon）出版的平裝本。在思戴特（State）區商店街附近的二手書店出售這種言情小說。商店街對面是中央停車場，有個同學最近蹺課去那裡抽菸被看見。當年我們十五歲，人生即將出現轉折。

這一年，我們參加第一次會考：中學檢定考試（Sijil Rendah Pelajaran），所有同年齡公立學校學生都需接受檢定。放榜後，克服身心障礙或家庭困境的優秀學子會榮登報紙版面，報章也會披露A級生特別多的鄉下學校，以作為當前重視卓越、轉型成功的典範。從全國會考的角度看待個人成就，能讓大家覺得全體國民的明天會更好。但在聚光燈沒照到的地方，有一項更重大的轉變，初中的我們略有成人意識，將逐漸覺醒到同學之間的差異，論階級、財力、權益，我們都不屬於同一族群。

在一九八〇年代的馬來西亞，我們是公立初中生，到這年紀還不知天高地厚。老師教得勤奮但成效不彰。每班四十五個男生，人數太多，多數同學迷足球愛音樂，讀書不夠專心，因此上課氣氛懶散，老師索性放羊吃草，任憑羊群為所欲為。我們學校是歷史悠久的天主教學校，現在成了公立，只剩一兩位慈幼會老師。在國家意識逐年高漲的馬來西亞，慈幼會的教師和傳教士披著白袍，身影益發突兀。馬來西亞的經濟也起飛了，我們搭上樂觀列車。

初中的我們最懵懂無知的，莫過於彼此間的歧異。在種族政治當道的馬來西亞，就學中的我們卻覺得族裔不太重要。學校的確存在著以某族為首的小圈圈，例如籃球以華人男生為主，曲棍球以印度男生為主，足球校隊裡最多那種搞搖滾樂的馬來人，他們喜歡從雜誌剪下美國重金屬樂團 Metallica 的相片，貼進教科書。不過，在課堂上，在下課後，各種族很容易打成一片，不分膚色和語言，穿插著英語、馬來語、粵語。在這階段，我們沒注意到的是，各人的家庭背景也有差別。有些男孩的姓開頭是「拉惹」（Raja）或「東姑」（Tengku），顯示皇族出身。也有些人像我，住在吉隆坡近郊，向中產階級看齊。有些人來自較貧窮的鄉下，住在教育部補助的旅社。有些人父母是工友和洗碗工。和我同年級有個男生名叫摩訶因陀羅（Mahendran），不太會寫字，父母以採膠為業，都是文盲（不只他們是）。有些學生患有學習障礙，每天照樣上學，老師對他們無需特別關照。有些書呆子數學一把罩（通常是華人），也有些小流氓放學愛打架，偶爾會被勒令退學（通常是華人）。雖然如此，同學們平常交融為一體，相安無事，下課混在一起，最起碼也和和氣氣，渾然不知彼此的隔閡多深。

我們讀同一所學校，是因為我們家境不如人，全嘗過程度不等的窮苦。我們誕生在一個從未出過資產階級的國家。我們拿西方國家來比自己，欽羨歐美世世代代的中產階級、高等教育、穩定的政權，期許自己和子女也能提升到西方境界，深信今生能見我國同樣繁榮穩定、文化高水平。我們進同一間學校，是因為我們屬於建國程序的一環，因為我們父母重視齊心協力建立自我、強化社會、鞏固國家，這項工程的根基在於「進步」，全民時時以追求現代化為驅策。我們年紀還小，不懂這麼多，但我們各個都在敘述自己的故事，對自己講故事。

然而，不到一年後，在獨立二十五年的馬來西亞，我們和所有十五歲少年一樣，都掛念著會考成績，開始赫然明瞭儘管人人的父母都窮，卻不盡然是同一形式的貧戶。才不過半代，各家父母的耕耘已見豐歉不等的收穫。我們將發現，我們不僅各自踏上岔路，不僅漸行漸遠，鴻溝也加速擴展，有些人搭上高成就電梯，有些人踩進殘破不堪的樓梯間。因為，到了放榜那一天，我們都將被迫一較長短，現實毫不留情面，我們也將發現彼此深藏的背景。原來，有些同學父母是建築師，所以在家學過高階三角學。有些同學閒暇讀史坦貝克 (John Steinbeck)，寫寫短篇小說。另有同學隨一群成年人去蘇門答臘，從事地質學巡禮。一直到放榜，我們才瞭解同學的父母在哪一行高就，才瞭解父母的職業對他們、對我們有何意義。

到這一階段，背景平平、資質最好的學生忙著向新加坡學校申請獎學金。新加坡高中的成績傲視全球。再過幾個月，這些同學即將赴新加坡。到這一階段，家境最好、資質平庸的同學會被送去英國讀寄宿學校，以完成高中學業，因為家人突然恐慌起來，擔憂我們學校的教育品質不夠高。這些同學也一去不回。到這一階段，我們得知國外有些學校學費動輒馬來西亞平均年收入十倍，也得知有些同學家花得起這筆錢——而在這之前，我們還以為彼此家境都不相上下。到這階段，有些同學的兄姊申請到國外大學獎學金，我們頭一次聽到牛津、哈佛、新加坡國立大學。

此外，絕大多數同學在原校再待兩年到四年，然後才申請大學或就業。近幾次會考成績不錯的人見到有些朋友迅速向外發展，赫然領悟高等教育的現實面。對及格邊緣的人來說，原本走得近的同學忽然急著上大學，他們愈看愈覺得詭異。兩陣營的同學逐漸互不往來，其中一邊沉浸在代數的天地，言語句型愈來愈複雜，另一邊瘋重金屬搖滾樂團、足球、粵語流行曲、犯小罪。至於註定走向高等教育的那群，同學之間也存在著顯著差異：有些懸梁刺股苦讀，顯示家境平平，無論如何非申請到獎學金不可，什麼獎學金都行。有些同學則照常過日子，一副滿不在乎的調調，爽讀著老師沒規定的小說，在地理課堂大談個人旅遊日本或澳洲的體驗。這些同學家境較佳，或許稱不上富裕，卻也還算豐足，如果成績不夠優異，父母能幫幫忙。才不到一年，同學不再是一體，大圈圈分裂成幾個小圈圈，圈與圈之間的鴻溝由階級導致，罪首並非族裔。

才過一世代，我們已造就出層級分明的社會。

會考結束後，假期漫長，緩蝕掉我們的向心力，大家各自度過漫長的雨天，有時騎單車逛郊區巷弄，有時去垂釣。住家附近仍有小片小片的叢林，潺潺溪澗穿林而過，也有小池塘，很適合釣魚。我們搭公車，順著海岸線蜿蜒而下，海水黃濁，枯枝和木麻黃針葉橫陳海灘上。閒著沒事做，日子顯得更漫長，黑夜也是。開學後，我們即將升中四（Form Four），是義務教育的倒數第二年，下學年的會考能決定我們今生運勢是提升或沉淪。收假回學校後，我們將發現，暑假有個同學常和流氓朋友開車南下波德申（Port Dickson），而我們只有搭公車去的分，只能坐最後一排，聽隨身聽。開學後，我們得知，未滿十六歲的他無照駕駛，飆破錶，可能酒駕，結果失速車毀人亡。全車只有他一人喪生。小學時，他是羽毛球神童，我記得十或十一歲的他身手矯健靈巧，現在竟一命嗚呼。在福利社，他的朋友放話想血債血還。威士忌和汽車鑰匙是誰給的？他們想揪出這傢伙，扁得他屎滾尿流。

開學時，講大話的這些人把頭髮染成橙黃色，嗓門變大了，滿口粵語粗話，語氣不再調皮，每句挾帶**閉**、**老母**、**閪**。這些同學高聲嗆男老師，揚言放火燒老師車，甚至在課堂上對妙齡女老師吹口哨。在這階段，他們不再把校規放眼裡，反正都放榜了，天塌下來也沒關係。忽然間，同學間形成兩大陣營，對比鮮明眩目，另一陣營把他們視為異形，不把他們放在心上，專心周旋在課業、申請書、美國學力測驗、托福考、UCCA（譯註：英國大學統一申請委員會）之間。那年我們十六、七歲。兩陣營毫不掩飾敵對的態度。想進幫派的混混偶爾找書呆子麻煩，勒索他幾個月，威脅說不給錢就揍人。**你家住哪，我們曉得，也知道你妹讀哪一間學校，等我們去姦她吧**。無論哪一方面太突出，都不是好事。以我而言，讓我倒楣的不是成績，而是我這張臉。我的圓臉蛋有點像小天使，一粒青春痘也沒有。現在回想，我的零用錢少得可憐，但我每個月乖乖交出。我有位朋友是個罕見的資產階級流氓，他代我去談條件，雙方同意以幾根菸作為尾款。兩三年後，另一個朋友申請史丹福成功，我和幾個朋友深夜去一家速食店幫他慶祝，褐色制服店員戴著滑稽似摺紙的帽子，竟是高中帶頭勒索我的那一個。他年紀比我們大，當年夢想當黑道大哥，在校時誇口說他曾拿刀讓人破相。店內的他認出我，視線往下掉，問我：要不要加薯條？不知道為什麼，覺得尷尬的一方居然是我，幾乎感到愧疚。

一九八〇年代近尾聲，不久後，美式大型購物中心即將在吉隆坡開幕，販賣 Nike Air 球鞋。我們已經有麥當勞、溫蒂和肯德基。不到十年，馬來西亞也在摩天樓頂酒吧賣蘇托力伏特加（Stolichnaya）和伯蘭爵香檳（Bollinger），法式餐廳供應香煎鵝肝，夜店有德國DJ播放電音勁曲，有泰國來的便宜搖頭丸，有目不暇給的各色毒品和金錢，嗨到月月都驚傳四十歲投資金融業者在舞池心臟病發暴斃。在當時和現今的吉隆坡，生死同樣都在一線間。然而，我們少數人有幸能保命，能抽離險局，在大階級裡的中階級裡自組一個會員微階級，結果過十年，我們才二十五、六歲，彼此各分東西，再也不碰頭，甚至在速食店也不會巧遇。在這一階段，我們還不知會有這現象，但情況在不久後即將明朗化。

第五章

每次我到中國，遇到計程車司機、侍應、店員，和他們閒聊幾句，最常被問：「你是哪裡人？」他們不只問我國籍，也想瞭解我的祖籍、在家講什麼方言。在香港和台灣，隨口聊聊旅遊，提到起點和終點，話題必定帶到同一問題。在新加坡，華僑人口龐大，在地生根已久，桑梓認同感強烈，大家只問，「你是不是福建人？」（不過，大家差不多直接假定我是。）

對於多數不熟悉中國文化——我指的是中國大陸加華僑的社會和習

俗——的人來說，最常見的假設是中國文化只有一個，具有同質性，一大群人長相、思想、行為都大致相同。他們常認為全球十幾億華人心態專一，意志專一，野心勃勃，威脅到所有非華人區，這想法助長了當前經濟學者和政客的想像。對於這想法，中國政府樂於順勢運作，因為這景象裡的「一個中國」是一個單一文化的國家，以壓倒性多數的單一種族組成。漢族占中華人民共和國總人口逾九成，也占全球人口百分之十九。在許多情況下，無論是出生在北京、香港或怡保，華人會不熟裝熟，彷彿遠古血系一脈相傳，凌駕於國籍之上。然而，客套完後，一旦談到個人細節，所有華人都想知道你是哪裡人，你和他們有哪些背景不一樣。

這沒啥好錯愕的，因為中國其實本身是一座大陸，幾乎和歐洲同樣大，地理複雜，文化多元。論文化，論語言，中國最北端的人有異於極南和極西的民眾，習俗、言語、飲食、服裝、氣候都不同，唯一共同點是普通話，五十六族的學校都教，是官方和商業語言。然而在家裡，小孩培養自我意識，漸漸得知自己的歸屬和認同，人人都講自家的方言。我住上海時，上海話太普遍了，只講普通話的人完全聽不懂，令我大感訝異。當地人以上海話自豪，認為有別於北京，自成一格。但我在上海時，我接觸到的方言還有更多。上海大都會區的隔壁是浙江省，省會杭州名勝包括優美的西湖和全中國第一家蘋果旗艦店。在浙江，我來到週末最受上海居民青睞的據點，聽見多種差異甚大的浙江吳語。杭州、紹興、寧波、溫州、台州、衢州，都在浙江省，各據一谷地，各有獨特的方言，差別雖然談不上迥異，卻也一聽就知道不同，全值得進一步探詢。以此看來，想像一整座大陸民眾和普天下的華僑雞同鴨講，長相大同小異，DNA也大致相近，其他各方面卻大異其趣，生活會有多大的差別呢？

難怪華人最擅長區分類別，最懂得細分再細分族群。任何族裔祖籍的美國人在國外相遇時，通常欣然自我介紹為「美國人」，Chinese 卻硬分中國人、華人、華僑、華裔幾大類。其中一個原因是華僑人數眾多，移民史久遠，所以在「華僑」類別之下，再以出生地、現居國家、在該國待多久、是否有意海歸中國等等因素，加以區隔。所有人，所有背景，全以「中國」為依歸。

有人嚮往大中華，想超越國籍藩籬，這通常或能解釋華人之間不熟裝熟的舉動：「就算你講美語，就算你打扮成滑板小子，我們照樣能看透你，因為你一副華人樣。」然而事實是，表面的種種相似，鮮少能掩蓋華裔對自己劃清的界線。非華人的第三者在場時，華人們可能自我界定為亂中隱然有序的同一族群，一旦排除第三者，華人之間的區別浮上檯面，壓也壓不下去。近來香港爆發示威活動，最初純屬政治抗爭，不久卻演變成文化戰役，本質上爭取的是粵語香港人自我認同。去年，我三度進出香港，每次都體認到港民普遍擺明不願講普通話，這情況尤以計程車運將、公車司機、餐廳侍應等市井小民更顯著。我粵語講得破破的，他們熱情應對；聽我講標準普通話，他們懶得掩飾憎惡感。

現實情況在於，中國和華人這兩個名詞涵蓋的定義繁多，多到有時很煩人。周遊中國境內，周遊華人眾多的東亞國家，猶如進入文化語言大觀園，近似搭火車自助旅行歐洲的學生，每站下車看到的人種都一樣，卻又不盡相同。在星馬等國，國共戰前的舊社群沒受過共產主義同質化的洗禮，華僑之間的差異性更涇渭分明，甚至受推崇。寺廟和宗親會服務各社群，以名稱劃分福建人、潮州人、廣東人、客家人。早年，一波波湧入的中國移民在碼頭上徬徨，接應他們的鄉親正是這些機構，培養出高深的情義，消遣彼此文化差異的揶揄話仍流傳至今：**他當然是**

流氓啊，他是潮州來的。我就知道，她生得一張福建臉。那家公司全是客家人，只照顧自家人。

分這麼細，對西方人而言毫無意義。我很少費心解釋北方人和南方人、福建人和廣東人的文化差異。要解釋我既是馬來西亞人又是華人，已經夠難了。對方如果國籍和族裔不是同一個名詞，通常我解釋起來稍微省事。父母是巴基斯坦人的英國籍人士，聽我提到新加坡華人或香港廣東人的小圈圈，理解度會高於講法文、住法國的高盧人聽我解釋。

當我覺得對方太難理解馬來西亞華人一詞，我通常索性不解釋。有時候，對方把我歸類哪裡人，我會乾脆照他們的假設去偽裝。有時候，我是上海人。有時候，我是台灣人。有時候，我是穆斯林（因為我是馬來西亞人）。要是我能講日語，我會忍不住自稱京都人。有古剎和櫻花襯托，身世詩情畫意多了。

第六章

我講普通話沒有特殊腔，但遣詞用語難免反映我的出身和教育背景，能透露我童年家中的各種方言。我父母彼此講福建省的閩南語（有檳城腔，夾雜檳城詞彙）。父母對我們講普通話，對我伯叔講海南話，對我姨媽講福建話和廣東話的混合語。在吉隆坡讀中小學，由於吉隆坡傳統上以粵語移民為主，我講的華語只有廣東話，主要走俚俗路線，髒字特別多。受教育時，我用的是馬來文和大馬式英語。面對我在霹靂州和吉蘭丹州的鄉下親戚，我會混合馬來語、普通話、英語、粵語。小小年紀，多語的我就能切換自如，見什麼人講什麼話，懂得該講多少比例的馬來語或普通話或英文口語，懂得視情況調整，也懂得適時用粵語罵髒話，適時講得字正腔圓，適時表現出都市小孩隨性的一面，適時流露鄉下人的率真。

一九八〇年代，在馬來西亞等國家，置身多元文化、迅速都市化、貧富體系快速成型的國家，你會懂得文化語碼轉換的訣竅。我們家住郊區，位於吉隆坡和最大衛星市八打靈再也（Petaling Jaya）的交界處，幾乎家家都有仍住鄉下的近親。如今，過了一世代，這些家庭多數的近親遠親都搬進都會區了。

放寒暑假，我多半會去外公家住一陣子。外婆外公住在小鎮巴利，位於錫礦區霹靂州的核心地帶。他們住一九二〇年代的老房子，在家開店，日子過得幸福快樂而單純。我外公只會講福建話和馬來話，外婆出生在本地，是他第二任妻子，講福建話和馬來話，英文特別好。家裡還有我舅父、舅媽和他們的小孩，在馬來人為主的地區組成一個華人大家庭。我的母系親戚有一段百談不厭、亂得精彩的家族史。我知道他們的出身，聽過外公描述他移民大馬早年的經歷，知道他怎麼和我外婆結緣。外婆晚年一反她那代婦女的矜持，向我透露她對我外公的感想，說她對這段婚姻有不少疑慮，說她想離家出走，可惜她當然走不了，因為在當年是不可能的事。儘管如此，她曾動過出走的腦筋。這家族的前世今生順遂，雖遠不及完滿，卻契合當年的情勢，定位適切而穩固。因此，我也想融入大家庭，不願被當成嬌貴的城市少爺看待，不想被認為無法適應鄉下生活。外公開的店是小鎮常有的雜貨店，賣學校制服、肥皂、內衣褲，我幫忙看店，冒充是鄉下大家族的一員。見到馬來老太太進店想買滑石粉，我會模仿土腔，避用城市俚語。和我舅舅小孩相處時，我提起的電視和音樂全照本地，不提我在吉隆坡的朋友喜歡的節目和歌曲。

然而，我時時刻刻心存焦慮，莫名其妙微微提心吊膽，一直到二十多歲，我才說得出當時在畏懼什麼：我覺得自己是個冒牌貨，唯恐外來客的真面目被揭穿，被發現是個養尊處優的城市小孩，是個書呆子，瞧不起鄉巴佬，和自己家有隔閡。我擔心被別人看穿，被發現我和他們不同族。要是面具被摘掉了，我和他們一定同樣尷尬，因為多數時候，我們是不折不扣的一家人。全家圍桌吃飯，位子卻突然多了一個陌生人，那還得了？到了我十五、六歲，我捧讀厚厚的小說，愈來愈難保留鄉下俚俗語，我想表達的意念漸漸不太可能用我模仿的土話傳遞，偶爾不慎說溜嘴，狐狸尾巴露出來。（記得有一次，我們看到叢林被砍掉一區，用來改種棕櫚樹提煉棕櫚油，我嘴巴冒出「濫伐」一詞。）我偷偷讀福克納和史坦貝克，把小說藏進包包的衣服裡面。我姊姊更堅強，更有決心跳脫鄉下，在店裡大刺刺練毛筆字、學法語的文法，客人進店想買一盒縫衣針，想聊最近大雨後河水暴漲多高，她懶得理。她已經為自己開闢另一片田地，誠心專心耕種著。她仍在店裡，仍講福建話和普通話，但她的人生已慢慢脫離舅舅家和外公家的領域，宛如一片從某大陸崩解的地質板塊，徐徐漂移遠走。

我和她內心不踏實，是因為我倆比鄉下家族接受更好的教育，有更多上進的良機，能讓我們脫離家族遠走，但再確切一點而言，令我和她於心難安的是金錢、階級、歉疚感。這一點，我們當時都說不上來，也許當時尚未明瞭教育對將來有多大影響，也許當時我還無法具體闡述劍橋學位法則，馬來西亞同根生的鄉下親戚十七歲輟學，為什麼比不上洋學位鍍金的自家人。我和姊姊覺得尷尬，相當於我詢問父親童年往事時的場面：我想融入他的過去，想鑽進他的同溫層，卻不得其門而入。以我受過的教育，我已經退不回去了。

《紫色姐妹花》黑人作家愛麗絲・華克（Alice Walker）寫過一則關於古巴的散文，探討父女親情。記得我讀到這篇〈我父親的國籍是窮人國〉（My Father's Country is the Poor），讀了再讀，心想著，她是專門寫給我看的：「天性聰穎的他……僅有小學程度……女兒突然成為中產階級（因為就讀大學），反而形成橫阻，就算不嚇人也難以親近。我想對他傳達想法，他卻不明白我的言語，令我深感痛苦。」這文章盤桓我腦際，數日不散，以無法言喻的方式撼動我心靈。我既不是非裔美國人，也不窮苦，卻覺得她寫的是我。

我也記得我們在外公店裡，外公正在帳簿裡寫數字，不時撥一撥算盤計算小數目，我則在一旁忙，把煤焦油皂整齊排列在架上，旁聽到對話卻裝得毫無興趣。我母親拿著羽毛撢子，清潔櫥櫃的玻璃檯。她小時候一定常幫忙撣灰塵。她邊忙邊告訴我外公，說我姊上禮拜從新加坡打電話回家哭訴。我姊姊領新加坡政府高額獎學金，就讀萊佛士女中（Raffles Girls' School），和一群十五歲同學住宿舍，上學要搭車近兩小時。我父母向來指望她能接受這樣的教育。我們去宿舍看她時，連童年過慣了清苦日子的父親都唸一句：環境不是很好。結果，我姊住校寂寞想家，每天長時間苦讀，以免跟不上東南亞進取心最強的少女同學。不能每學年都拿A，就等著獎學金長翅膀飛走。她好想回家。

我外公聽了，發出一陣怪聲音，像在笑，卻沒有一絲絲歡樂。聽到外孫女想家，他不動容，只覺得荒唐。他小小年紀隻身移民馬來西亞，兩袖清風，認為思鄉情有什麼了不起。我母親想勸他瞭解我姊的心情，說她一人在外日子很苦，女同學很惡質。對此，我外公只說，「可是，我們是移民啊。」彷彿一語就能解釋一切似的。彷彿逆境、想家、抑鬱、渴望，全是人之常情似的。彷彿這一代沒理由去指望日子好過似的。正如我父親接受了童年苦楚，我外公也怡然認命，我看在眼裡，頓悟自己勢必永難與親切、溫順的外公真心交流，就算我繼承了他血脈，就算我對他的文化照單全收也一樣。我再大幾歲以後，見多了世面，領受到人間苦樂，或許甚至體驗到他經歷過的一丁點辛酸也一樣。旁聽到他和我母親的對話那一瞬間，我霎時明白祖孫的處境互相扞格，心靈波長不可能一致。他是個移民，我是移民的孫子。我和他對世界的觀感永無交集。

第二篇

瑞意（Swee Ee）萬古千秋

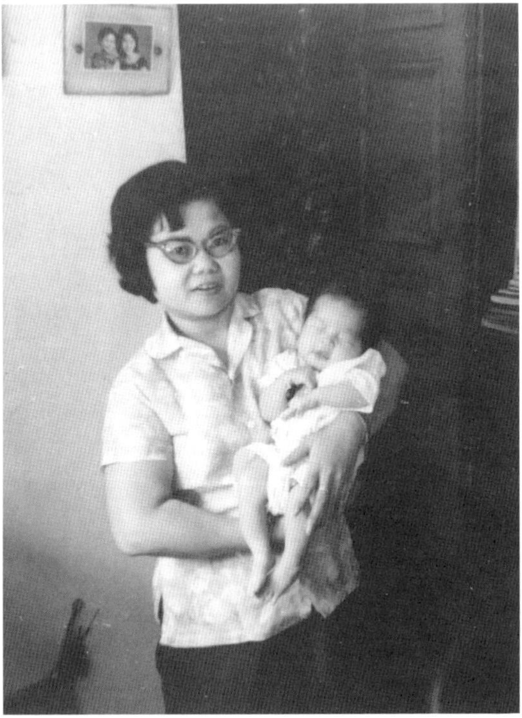

歐大旭與他的外婆

我們本以為見不到妳最後一面，幸好妳還坐在我身邊，精神奕奕。

兩星期前，我父母和我從吉隆坡驅車去探望妳，塞了三個多小時的車，終於開到妳住了將近六十年的鄉下小鎮。以前每逢寒暑假，我常來這裡住。兩星期前的妳病重，癌細胞已擴散到渾身都痛，不知哪裡最痛。我在妳床邊坐半小時，看妳熟睡中。妳的嘴唇乾裂，體重掉了好多，臉頰肉退化到皮包骨。妳本來就不高，這時病榻上的妳一動也不動，和小孩沒兩樣。我母親只陪妳幾分鐘。她說，陪再久也沒用，反正你外婆根本不知道我們來了。後來，我媽向我坦承說，妳前腳踏進鬼門關的景象令她不忍卒睹。房間裡沒空氣，她呼吸困難。

昨夜，我正打包行李準備出國幾個月，巡迴打書，也履行一些工作上的義務，結果C舅深夜來電說妳快走了。他說，不值得趕來了，他只想通知我們一聲而已。我們照樣開車趕來，為的是張羅喪禮，花幾天安頓妳的後事。我們以為，妳走後，家裡的氣氛會異常輕盈，如釋重負能沖淡感傷，如同二十年前阿公往生後的氣氛。那時妳自己說過，起碼他不會再痛了。

車子駛進妳家後巷。那裡總是雞屎臭熏天。兒時，我寒暑假來這裡住，遠離都市塵囂，進這巷子，總心生幽幽一股寂寞。重返鄉下外婆家，能勾起美好的舊情吧？可惜對我來說從來不會。日正當中，C舅在巷子裡等我們，舉手遮著太陽望。發生了一個怪現象，他說。我們進廚房，見妳站在燒水壺邊，等著水燒開，一條毛巾圍著脖子，總是燙捲染黑的頭髮剛洗過。妳換上一件新上衣，穿著深色長褲，想提水壺卻提不動，沒力氣的妳雙腿瑟瑟抖。妳好像沒發現身體不管用了。

舅舅沉聲說，她好幾個禮拜站不住了。

妳抬頭，看見我們站在那裡。「來，來，」妳說著，還喊我童年的小名說，你一定渴了，阿嬤泡茶給你喝喝。如常，妳以第三人稱來指妳自己。彷彿三十年如一日，婆孫每個禮拜都見面似的，彷彿婆孫之間無鴻溝。

妳帶我進客廳，陪我坐在塑膠面的沙發上。血絲布滿妳的眼球，妳滿臉倦怠，卻仍希望有人和妳作伴。隔著牆壁，我聽見舅舅和我父母低聲交談，語氣急促，聽不清內容，因為我專注於妳的語音。

十

最近，在我等公車時，或在我即將沉沉入睡之際，飄回我腦海的總是此情此景——既過於短暫，也禁得起歲月考驗。妳對著我講話，喜上眉梢，樂的是自己還活著——哪怕妳自知死期將近。我從沒見過妳講得如此毫無遮攔，講著我外公的事，講妳自己的事，提到連我媽都不熟的事件。她後來說，對你講那麼多，是因為你和阿嬤很親近。其實正好相反。妳講那麼多是因為妳我隔閡變得太大了。對陌生人講私密事，有時反而比較容易。

與妳獨處的那一刻，妳我都明白，今天將是婆孫最後一次對話，我赫然想到，這段婆孫情是一篇隔閡史。

我和妳的親近，能以兩人之間的隔閡來丈量。

三

在英國念大學時，有天我和一位高瘦的金髮男同學聊天。出身望族的他對我簡述家譜，笑說他家「只有一半」是貴族，另一半不過是十九世紀工業富翁。他耐心說明公爵、侯爵、伯爵等等的階級，我豎耳傾聽。令初抵英國的我大開眼界的是，英國人對階級背景感興趣，更能把這種興趣表達得稀鬆平常，好像基於禮貌順帶一提似的。

這時是午餐時間，其他學生端著餐盤過來，一起坐在長方形的膳食桌，隨口論及家族和血統。我記得很清楚，他們吃的是一種名稱很怪的菜：Chicken à la King，皇家奶油雞。（英國飲食習俗出奇複雜而奇特，也令我一開始大開眼界：如果 dinner 有時叫做茶餐〔tea〕，那喝茶是什麼時候喝？茶餐為何有時吃袖珍三明治，有時又改吃荷包蛋薯條？supper 和 dinner 是同一回事嗎？絕對和馬來西亞的宵夜不同吧。教育名詞方面，我也感到困惑。為什麼私校叫做「公學」？廁所的專有名詞，廚房洗濯台裡的塑膠盆，諸如此類也令我疑惑。）

金髮男同學說，每次聽見有誰不曉得自己四個曾祖母的本姓，我都驚訝得不得了。其他同學糗他「蓋高尚」，卻也接受挑戰，絞盡腦汁想出一兩個曾祖母的本姓，想不出來至少還能列舉幾個她們的生平大事，例如，有位曾祖母的父親是西班牙加利西亞區的水手，被暴風雨颳來英國威爾斯；有人的曾祖母在坎布里亞（Cumbria）當牧羊人；有人的曾祖母擅長編織蕾絲，代代相傳給她的曾孫；有人的曾祖母和法國伯爵婚外情，而伯爵的父親是《追憶似水年華》（*In Search of Lost Time*）裡一個小角色的根據。

我保持緘默，聽得哈哈笑，把同學的敘述當成趣談，以掩飾我對妳的感懷，也遮蔽我的尷尬——因為我對妳的母親一無所知。她的本姓老早已被全家族遺忘了。全國都一樣。沒人記得她的長相，更甭提她的笑顏、令她喜怒的事物、她的摯愛、誰常欺壓她，線索悉數杳然無蹤。

父系的宗親亦然。金髮同學問我的問題，我轉問我在馬來西亞的朋友，幾乎各個都有相同反應。曾祖父母是誰？我問到最詳細的回答：八成是馬卓斯（譯註：Madras，印度欽奈舊名）或「布茲道」（譯註：Donno，毋知影）

來的工人？大概是福建省來的農夫吧？

其餘都化為歲月灰燼。

二十

妳哪一年在哪裡誕生，沒人敢確定。我們只知妳出生在叢林深處的偏鄉，左鄰右舍全住木屋。據我母親說，總之**是個烏魯**（譯註：ulu，偏遠）**的地方**。她之所以推測妳家境貧寒、地方偏遠，是因為妳曾告訴她，妳父親過世時妳還小，他的大體被牛車運到附近醫院去，**用牛車一路拖出叢林**。

我母親沒問那座叢林在哪裡，妳也不多說。妳已認定自己的往事不重要。二十世紀初，一個窮人家的女孩子只能認命：休想去上學，小小年紀會被叫去幹活兒，一有合適對象就嫁掉，然後生小孩，自己的人生不如家庭重要。妳的過去、妳的現在，通通靠邊站，家庭的未來擺中間。

妳會怎麼向至親敘述生平呢？有一次，我那個剛上小學的姊姊天真問，妳在學校最喜歡哪一科？那時我年紀也還小，卻也大到能體會這問題多令人難堪。妳雖然從不提童年，我知道妳沒上學的機會，妳全憑天資和幽默，掩飾了毫無正規教育的事實。我們六、七歲就坐進教室上課，這一點凸顯妳和我們之間的差異。

我記不得妳談過妳自己的心情。家裡或村子裡有大事，妳是快樂或哀傷呢？妳只顧著討論別人是否安康。妳關心我們的課業，關心我們有沒有吃飽，朋友怎麼樣。妳希望把年幼的我們推上舞台正中央，讓自己的人生退居幕後。

妳住在老房子裡，就是我和妳現在身處的這一棟，一樓的前半經營一家小店。小時候，有天我進店裡，那時段大家剛吃午飯，暑氣正旺，店內生意清淡，路上不見人蹤。我正要在店前的老位子上崗，看管櫃檯上的肥皂、梳子、洗髮精，林內的村婦偶爾會過來，花小錢向我買個鸚鵡（Popinjay）香皂或一小包髮夾，因為她們覺得向都市小孩買東西很有趣。那一天，妳自己在店裡，有個顧客想買抹布，妳和她對話，她的嗓門大起來，我聽不清她在講什麼，只覺得咄咄逼人，語氣急促，暗示著兩人不只在討價還價。嘶嘶的氣鬩聲從隔壁輪胎店陣陣傳來。我聽見女顧客說「奇納」（Cina，馬來文發音），兩個音節拖得很長，句子陡然放慢，讓這兩音節更顯惡劣，為「華人」兩字賦予更多含義，指的不只是族裔，而是辱罵妳的為人。

妳保持笑容，唉，好──了──啦，儘量安撫對方，把抹布摺好，放回櫃子裡。我來到妳旁邊站著，問妳怎麼了。妳微笑說，我早習慣了，我從小見多了氣呼呼的客人，懂得怎麼應付。

在哪裡？

在怡保那邊。

我一時不曉得該怎麼追問妳那時做什麼工作，妳有什麼感想。因為時機不太對——感覺從未有對的時機。見妳的笑臉，我不但沒釋懷，反而更心疼，也不瞭解原因是什麼。

二

在英國求學第一學年末，我覺得自己已能破解旅英生活裡多數的密碼。我學到，聽到別人問候我時，我的正確回應不是**我想家**，也不是**陰雨綿綿所以情緒低落到可能有憂鬱症**。正確回應是：**我很好**。這種應對法不難理解，畢竟亞洲人也有類似的制式互動。午餐、晚餐吃飽沒？回答一律是，吃飽了，或快了，對方的問候出自關心卻不是真正關心。

我在英國讀大學時，和同學去喝酒，喝到酒館快停止供酒了，同學教我如何在打烊前灌掉整整一瓶，以便追訂最後一瓶：**對準食道全倒進去**。隔天早上，男同學蹺課，午餐或傍晚才紅著眼睛走出寢室，但到了學年結束前，他們卻考高分，宣布成績的口氣是儘量不當一回事，好像奪得佳績既意外又理所當然似的。**喔，對，我拿到優等又怎樣？**我發現的內幕是，喝完酒散場後，他們回寢室睡一下，酒醒後趁著早上安靜，潛心用功一番。我得知，他們重視的特質是無需用功的天資，太認真或太專注不會令人仰慕。他們這種刻意的滿不在乎和我截然相反。我從小接受的教誨是，個人執著於追求卓越，才有機會成功，社會才有機會進步。儘管如此，英國同學言不由衷的心態不難理解。生長在馬來西亞華裔家庭，我學會了各地弱勢族群憑本能吸收到的教訓：要能證明自己勤奮，對社會有貢獻，但也不能勤奮到令他人眼紅，所以儘量不要樹大招風，奉謙遜為生存寶典。

謙遜和言不由衷有何差別？大概半斤八兩吧。

我學會如何辨別社會地位的標誌，一反我多數的既有觀念。在馬來西亞，衣服的領子若有磨損，毛衣破個小洞，或服飾老舊，會被視為一副窮相，很丟臉，在英國卻相反，對外宣示自己不僅出身富人家，而且是「世家」。欺騙與節制之間的這界線，我覺得很合理。這界線隱含著一股沉默氣氛，我深諳個中奧祕。

十三

十七歲的我坐在店裡，讀閒書，做筆記。我的任務是招呼顧客，但這時路上人不多，有人上門，我幾乎連一眼也不看，隨他們去逛一逛然後離開。這時的我變悶葫蘆，躲在自己的小繭裡關心自家事，對他人的境遇提不起興趣。多年以來，我的學業成績一直不出色，但在最近這一學年，我開始感到燃眉之急，急的不是課業，而是巴不得掙脫環境，自我改造，想背離世俗規範，自創新生活。對書本和學業，我的興趣不怎麼濃，但我理解到，我能以成績為踏板，以跳脫既有的命運線。我想不出別的辦法了。我在店裡坐著，妳進來問，你在用功什麼？我亮封面給妳看，繼續再讀。

妳問，這書裡寫什麼？妳散發一股清新的香味。大熱天，妳剛在脖子上多撒一些痱子粉。

我拖了幾秒才答：一個國王。國王發現女兒敬愛他時，已經太遲了。（譯註：莎士比亞悲劇《李爾王》）

哈，為什麼？

我聳聳肩。因為她沒告訴爸爸。

我不多說，其實是因為我自己也沒讀懂。書裡的大字我只懂不到一半，句子更是有看沒懂。二十年後我教書，也以寫作和文學為題演講，有些學生或聽眾（多半是西方人）會問到殖民心態的同化，問我為何用白人的語言創作。回答時，我會考慮主奴問題、白人凝視、提倡在地文化和次文化，有時我會想起妳，想從妳的視角看待這些課題。

我在澳洲也有過類似的經驗。有一次在書友會上，我朗讀完一段後，有位男讀者起立發問。他一頭紅金髮，穿泰國漁夫褲，上衣略帶中國風。他先用馬來語問候我，然後不懷惡意問我，選擇用英文創作是因為比較容易行銷嗎？他也問我是否覺得自己是西方資本主義市場運作下的受害者，或者是因為我有「被殖民心態」？（我聽了微微一笑，念頭轉向妳。）

那是好久好久以後的事。當時在店裡的我想專心解讀國王和女兒的故事。晦澀難解的部分太多了，但我直覺能深切領悟其中一句：

默默愛，無需多言。

二十

妳父親往生後，妳被送去投靠妳在怡保的姑媽。（生下妳么弟後不久，妳母親就過世了。妳母親的人生同樣也沒人記錄下來，失傳了，就算我想盡辦法溯源也無解。我不但不知道她本姓，更找不到任何一個對她有絲毫認識的人。她享年幾歲？我連她的名字都查不到。「窮人啊，不都這樣。」我常聽見這句福建話或廣東話，次數多到我不想追問。）

妳被叫去賣彩券，去清掃福利社地板，去做各式各樣的粗工。不過妳腦子好，人人看得出來，再多幾歲，妳會被叫去做比較重要的差事，例如結算一整天的進帳，甚至做一點簿記的工作。妳很容易相處，總是笑吟吟，不論在哪裡工作，總受顧客歡迎。十幾歲的妳，領到工錢全交給姑媽養妳弟弟，可能也照顧到她自己的小孩，畢竟大家全住在同一屋簷下。妳喜歡外出，可惜機會有限。不忙著賺錢養家時，妳忙著處理家事——像妳這樣的孤女只能任人擺布。

不乏年輕人追妳，帶妳去怡保逛老街，牽牽小手，拍拖一下，做出若有似無的嫁娶承諾。怎可能沒人追？妳聰明漂亮，再苦也笑吟吟的。在亞洲，和妳同代的女子婚前不應談戀愛。至少不能公開談。男或女，私底下無論做過什麼事，不准留下蛛絲馬跡，以配合鶼鰈情深的官方說法，因為唯有婚姻能驗證妳的存在，能提升妳在人間的能見度。我母親那一代也是，甚至或許到現代都一樣。我父親和哥們兒閒聊時，我偶爾旁聽到他們笑談在哥打峇魯或瓜拉吉賴的前女友，但在我母親的朋友圈裡，她們絕口不談以前的男友。

然而，在妳我共享的這段稍縱即逝的時光裡，妳說，「在嫁給你阿公之前，我已經有過一段快樂的人生。」言語間，妳的眼眸默默散發光輝，儘管妳渾身弱不禁風，微微顫抖，握緊扶手才穩得住身體。

妳交過一個男朋友，可惜姑媽不准妳和他修成正果。倒不是因為對方有什麼缺點，而是因為妳一嫁出去，姑媽就難養家了。家裡的飲食和妳弟弟的教育，都要靠妳的收入，何況妳工作賣命，個頭嬌小卻耐力十足。留妳在家不嫁，妳可以打掃房子，可以洗碗盤，可以燒飯做菜，維持一家運作。妳交的男友家境不夠好，聘禮不夠填補妳嫁走後短少的收入。在一九四〇年代末的馬來西亞鄉下，人人都看得出，妳雖然是窮農家孤女，身價卻不可同日而語。

二次世界大戰剛結束，馬國小鎮的景氣復甦中。妳有所不知，地球另一邊的英國戰後百業蕭條，政府正考慮宣布破產。古老的大英帝國搖搖欲墜，馬來亞聯合邦（Federation of Malaya）的錫礦和橡膠產量仍傲視全球，是英國的搖錢樹，攸關英國的復興。二十世紀中葉，英國長年實行配糧制撙節支出，罐頭食品讓英國人不至於挨餓，而罐頭來自妳住的那一區，工人每天來妳工作的福利社吃飯，包括錫礦工、中間商、印刷商、果農、香腸業者。在這些人圍繞下，妳出脫為成年人。

儘管全家衣食靠妳收入，妳畢竟已適婚多年，再拖下去，不久後就拿不到聘禮了，姑媽無法漠視這一現實。妳說，那年代不都那樣嗎？「**怎麼辦呢？**」妳笑著說。輕鬆兩三秒之間，我意識到，當時的妳有多麼明瞭自己的困境。有著大好人生的俏佳人旁觀著所有人為她決定命運。

我怎能一方面緬懷妳，另一方面卻繼續過著現代人生活呢？我曾寫過一部小說，故事裡充滿妳那一代的角色，和妳有許多雷同之處。他們歷經戰火，苟且偷生，正和妳相同。那部小說銷路很好，成為話題書，帶動年輕文人書寫同一文類，向出版社投稿，未料首都某位潮編輯藉社交媒體發文：「你寫祖母的戰火故事也好，寫她年輕穿什麼鞋子也好，本社都沒興趣。」

當前在亞洲，想當個現代人，就得跟過去劃清界線，只活在當下，用不著考慮那些造就你的人。緬懷是念舊之舉，更難聽的是被殖民心態。書寫個人祖宗八代，描述個人和社會為何變得特別、複雜，甚至痛苦，是軟弱的舉動。

反諷的其實是，直到婆孫對談的這一天，妳從不認真對我訴說往事。我這一代的亞洲人始終明白兩個道理，一是妳那代甚至我父母那代隱而不宣、深藏心湖的事，我們這一代都只能接受，二是歷史創傷的集體療癒過程，我們這一代都無法參與。很久以前，妳和我已達成一項共識：和過去決裂——我努力上進，把自己的生活塑造成妳的人生替代品，妳的哀傷則從紙面抹滅，妳的歡樂也是。

本書的開篇幾段曾獲知名美國期刊摘錄登載。我母親通常不讀我出的書，但我認為那篇文章寫到我父親，於是我建議她讀讀看。幾天後，她來電說，「寫得不錯，不過有個地方寫錯了。」我寫外公隻身冒險遠渡馬來西亞，其實另有他人同行。

我外公十幾歲告別福建老家，當時另有一名十幾歲的同村男孩一同出發。我母親之所以知道這事，是因為有天家裡接到一通電話。丹絨紅毛丹（Tanjung Rambutan）是本地很有名的一家精神病院，院方來電通知說，有位病人病重了，沒家屬，入院前在怡保街頭流浪。他報的姓名只有一個，就是我外公。可以請他收留他嗎？據我母親所述，這通電話引爆家庭革命。有些家人反對，說收留那男人會招來厄運，不准他進家門一步。但大家拗不過我外公的堅持。外公說，就算兩人幾十年沒聯絡，做人應該講義氣，不能扔下童年朋友不顧。

男人進我們家，最初三天默默坐在椅子上，陷入無言寂寞的一人世界裡，一問三不應，叫他吃飯時他客氣接下，端到一旁，自己一個人吃。我們家那階段很熱鬧，人來人往的，他縮在一角，似乎自得其樂。到了第四天，他走去巷尾，投河自我了斷。

電話中，我母親沉吟不語，半晌才說，對了，今天晚餐你打算吃什麼？

我描述我正準備煮的東西，很平常的晚餐菜色，現在我回想不起是什麼了。她打破沙鍋問到底，什麼蔬菜，什麼魚，我一一回答她，想不出該怎麼再問那人的事。

我氣自己溝通能力不足，氣消後幾天，我考慮打給母親，問她為何從沒主動提起那事。我已能意識到，自己正和家人密謀聯手湮滅那段往事。那禮拜，我工作忙得不可開交，幾度和朋友共進晚餐也吃得盡興，正準備搬進新公寓，心卻定不下來。那男人的一生訴說著幻滅的野心、似浮萍的移民、契機、寂寞。想好好享受自己人生的話，最好把他從思緒裡抽離。我覺得自己不再緊握那段插曲的小音符，想讓它變得朦朧、不具威脅，少一分真實性。

在我打退堂鼓之前，我打給母親問，為什麼？

她說，「哎呀，沒意思啦，有啥好講的呢？」

表面上，英國人言行矜持，偶爾卻仍能令我心驚，尤其是在他們提及親屬的時候。有些同學，我估計是中產階級的中堅分子，他們高中畢業後待在家裡，賦閒一年才升大學，爸媽叫他們繳房租，他們不禁對我們發牢騷。在我看來，親子間的金錢交易顯得冷酷無情，但我只能假裝沒什麼大不了的，父母也可以當房東，親情也能錙銖必較，對立不失和氣，多做做家事能折抵房租（租的是自己從小睡的同一間）。

有一次，我和幾個朋友閒聊，其中一位是我在吉隆坡梳邦機場（Subang）報到櫃檯結識的馬來西亞同胞。和這群朋友聊天時，一位故鄉在倫敦南郊杜威治（Dulwich）的英國白人幽幽透露她和父母的親情有多複雜。她說在成長過程中，她一直認定那樣的親情完全正常，現在才發現不是那回事。她說爸媽不常准她跟朋友出去玩，爸媽說是因為愛她，想保護她。她的哥哥就比較自由，日子能過得隨心所欲，缺錢就有錢可拿。不是父母比較嬌縱哥哥，而是她總記得爸媽以成人的口吻和他溝通，讓他有選擇的機會，聽他的意見。一直到最近，在心理治療師協助下，她看破一件顯而易見的事實：父親愛她**太深**，母親**完全不愛**她。如今她長大成人了，不再需要母愛滋潤，話雖這麼說，她仍有點渴望母愛。她說，她剛剛才覺醒到，在情緒方面，她被母親**搞慘了**。

在場其他人紛紛聲援她，我卻不知該說什麼才好。我和她才認識不到一年，不確定該如何反應。我望著同桌對面的馬來西亞朋友。在馬來西亞，我覺得這位女同胞個性外向，作風大膽，這時她卻盯著眼前那杯茶一直看。這時的我和她同心，面對白人直言自曝親屬互動，我倆是既出神，也聽得膽寒，同樣不知如何是好。渾身不自在是因為對方雖不明言，我們其實正被迫供出自家的溝通方式。比我勇敢的她最後說，可是，她畢竟是妳媽媽啊。

白人朋友哈哈一笑，聳聳肩。對啊，我不就說嘛，慘爆了。

散場後，馬來西亞朋友和我走回宿舍的路上，我想藉「文化差異」來為剛才的尷尬緩頰。我和她彼此寬寬心，說著，西方文化不就那回事嘛，我們亞洲人有不同的親子溝通法。

二

請了媒人婆，安排幾次相親，妳卻被嫌年紀太大，講話太直，太急著發表主見。相親的對象出身鄉下人家，沒受過教育，腦筋不如妳靈活，缺乏妳那份難以捉摸的才智。他們會講中國方言，懂一點馬來文，英語一竅不通。妳在福利社工作多年，每天應付馬來聯邦（Federated States）的多語顧客，其中不乏吉隆坡和新加坡富商，甚至有英國公務員。工作崗位上的妳聽著學著各種語言，也學會講英文。來相親的男對象各個出身單純，本身就很難找到對象了，一聽妳會英語，更讓他們自卑。妳太率直，太風趣，太固執，太機靈。妳懂得自己追求的是什麼。

幹嘛不趕快挑一個嫁掉？姑媽催妳。再過不久，就沒人願意娶妳了，妳會變得老又醜，成了媽姐（譯註：ma che，終生不嫁的下女），成了老處女一個。妳回嘴，因為我不在乎。

提親的人愈來愈少了。媒婆擴大範圍再找，最後相中了一個人選，年紀大了點，是個鰥夫，元配最近因肺結核病逝。他想為兩個幼女找個好媽媽，對象最好年輕健康，幫他生個兒子傳宗接代。他的個性不活潑，不年輕也不英俊，甚至不是很有錢，但他待人親切，舉止合度，性情平穩，在大河沿岸的鄉下小鎮開雜貨店，做做小生意，講福建話，和妳一樣。他拿得出聘禮，數目不怎麼可觀，但妳姑媽能接受。不久後，妳結婚了，搬進小鎮大街店面樓上的住家。

媒婆列舉妳的種種特質中，最主要一項是刻苦耐勞（strong worker）。到現在，中低收入村姑論及婚嫁時，包括我親戚在內，這一點仍很熱門。**她教育程度不高，卻很刻苦耐勞**。既可指涉體能好，也表示情緒有韌性，能忍受長時間勞動，能煮飯菜、打掃、照顧自己子女，也幫忙那些命不如自己的親戚照顧小孩，成為丈夫事業上的幫手。但最重要的是，「刻苦耐勞」暗示著天生具備自我犧牲的傾向，暗示個人的志向和欲望擱一旁，甚至全打消，未來以新家庭為重。將來滿足感從何而生？從犧牲個人喜樂而起。妳必須在毫不幸福的處境裡自尋幸福，要以「吃苦」兩字為慰藉，因為受苦受難才會受人景仰。窮苦人家都視吃苦為美德，藉此為苦日子合理化。假以時日，妳會不由自主描述某人：她的人生很苦。聽起來像同情，其實是讚美。

只不過，妳開創的故事並不是這樣寫的。妳遵循腳本演繹，卻照自己心意編刪一番。與妳同在，總能感應到一份輕盈，能暫時拋卻煩憂。妳拒絕變成討人厭的怨婦繼母，不願屈居別人的替身。妳為家庭注入一股新能源，長年為姑媽持家、照顧弟弟的妳對新生活得心應手。夫婿開小店，原本生意難做，在妳整頓下，業績突然起飛了，大家喜歡進店裡找妳閒話家常。在妳來之前，小店氣氛沉悶，採光太昏暗，掌櫃的是我外公。他生性沉默寡言，害羞被當成兇巴巴。妳的言語比較流暢，會廣東話、馬來話和英語，對人有磁吸效應。妳視大婿的女兒為己出，讓她們上學，妳被剝奪的機會她們全有。續絃之前，他和女兒的人生宛如一場持久戰，再婚後充滿希望之光。

亍

大學第一次放暑假，閒暇很多，我坐經濟席，去我沒遊覽過的法國。在蒙彼利埃（Montpellier）以南的窄灘上，我享用優格口味的冰淇淋，喝著法式檸檬啤酒（panaché），曬太陽打盹兒，到處是一家大小渡假的景色，為人父母者放鬆心情，昏昏欲睡，看著小孩在水濱嬉戲。永遠長不大的孩子們皮膚被曬黑，四肢柔軟，有的在沙灘上挖壕溝，有的見小浪撲上岸就跳一下。即使是年長幾歲的小孩，身邊有個放不開的男女朋友為伴，似乎也在永無休止的夏日感染到童稚般的輕盈。

在巴黎，有高中學生在示威。我坐在咖啡廳裡，聽著抗議人群拿著擴音器吼叫、吹哨子、呼口號。我問侍應，他們在抗議什麼？他只聳起肩膀，雙手輕輕一攤說，法國嘛，天天都有人抗議。後來，我和群眾並肩走，看見學生的神態散發亢奮的光輝，臉上也有一抹和我格格不入的囂張，青春和歸屬感的自信難以撼動。他們深刻明瞭自己還年輕，能形塑這一個屬於他們自己的國家。我和他們年紀差不多，他們的活力和霸氣卻令我感傷——為何感傷，我說不上來，是因為我心理年齡比實際年齡老，和我沉默不語有關。

二十

妳的感情世界也令人存疑。妳的婚事由媒婆湊合，但妳並非因此就把婚姻視為純粹一場交易，也不因此就不期望婚姻能提供安全感以外的好處。妳要的是一位搭檔，一個能和妳一同歡笑的人，但面對這位親切而木訥的男人，妳明白他無法表達心意，知道他的腦筋不如妳靈活，妳常對他拿不出辦法。妳個性開朗，意志堅強，常被家族其他人嫌「頑固」，至於他是否欣賞妳這些特質，妳並不清楚。有時候，妳自覺應該含蓄沉默一點，像同年齡的婦女那樣，但妳壓抑不住天性，快快活活的，談事情得理不饒人。怎麼辦呢？

另外是床事。妳不應懷抱任何期望才對，但妳偏偏有，愛的施與受妳都要。妳也明瞭，丈夫想生兒子，想把事業留給他；妳明白無論他再怎麼疼愛女兒，女兒也比不上兒子。結婚多久，妳才得知他受過什麼折磨呢？大戰期間，鄉下有無數華裔男人遭凌虐，他也無法倖免，如今**再也無法生兒育女**。妳和他忍受過多少挫折才發現他無能？這或能解釋他為何舉止怯弱、偶爾露出優柔脆弱的一面。他下半生，胃腸一直虛弱，腎臟也是，妳心中因此醞釀出一股異樣的優越感，讓妳下半輩子一直覺得不自在，想置之不理也一樣。

與他相處時，妳會自我留神一些，不讓智商的鋒芒畢露，特別是別人在場的時候；妳不會談論閱報心得，發表意見如果太極端，妳也懂得自我把持。妳體認到，和他相形之下，別人比較容易受妳吸引，這現象尤以孫輩最明顯，而妳會鼓勵他們在別的場合多多陪伴他，避免他們偏愛妳，但如果由他們作主，他們會只想陪妳。妳會提醒他們，雖然他不愛講話，他還是愛他們。**像你阿公那型老人家，他們不懂得怎麼談這種事**，妳呵呵笑著說。

十

大學期間，有段時間所有同學開始思索就業問題。倫敦的公司行號派代表進校園，想招募積極進取的學子，收發室每天瀰漫著期待的氣息，有人接到錄取函，有人繼續枯等。午餐席間，已錄取的同學提到畢業後的工作，語氣會含蓄到誇張的程度，相當於自誇，說著，「我畢業進摩根史坦利嗎？」彷彿忘了這份優渥的工作是怎麼到手的。

我覺得最耐人尋味的是，面對就業問題，有一群同學會聳聳肩宣布，他們打算當文字工作者，說著，我大概會直接搬去倫敦，把小說寫完。在我看來，「直接搬去」的路途障礙重重，已徹底定位為文人的他們似乎不把障礙看在眼裡。最大的一道障礙是沒工作沒收入。沒收入，我哪來的錢租公寓住？以煮字為業的另一險阻是發表小說的高難度。小說寫完後呢？後續如何發展？沒人提。「直接搬去」倫敦後，如何變成瑪格麗特．愛特伍（Margaret Atwood）接班人？一段時日之後，我才理解，這些文青當中，很多人父母是律師或在大學教書，有幾位甚至是大作家。從「直接搬去」倫敦，到發表一本小說，過程儘管龐雜，他們憑家族累積的眾多歷練，總能見招拆招，都怪我沒背景。在那期間，直鑽我腦門的一直是父母聲聲催：「找到工作沒？」

如何把創作欲塑造成作家的神境界？我苦思不出門路，於是參加知名作家舉辦的工作坊。那天，我一邊聽作家高見，一邊寫筆記，那本筆記簿不久後被我扔進回收桶。作家的建議包括：

千萬不能太直接太明顯。

沒人有興趣出版血淚回憶錄。

如果你非寫創傷不可，儘量拐彎抹角寫——找一隻動物來敘事可以，藉一張椅子等無生命體也行。

二十

歲月不饒人，妳愈來愈不在乎別人觀感，本來偷偷喜歡的興趣也不再東遮西掩。我們常發現妳一面看摔角節目，一面啜飲著滿滿一大杯威士忌，滿到令人以為妳喝的是茶——我們都這樣騙小小孩，只不過連小小孩都不信。妳愛看的摔角不是希臘羅馬古典角力賽，而是視覺系演出的蘭迪・沙瓦吉、巨人安德烈、蟒蛇杰克（Randy Savage, André the Giant, Jake the Snake）以及年輕時的霍克・霍肯（Hulk Hogan）。妳的乖孫們陪伴妳左右，每次選手舉起對手重摔，或朝對手的頭虛踹一腳，妳都看得嘿嘿笑叫好。我們說他們是玩假的，妳卻堅持他們是來真的。男人留長髮抹髮膠、肌肉練成大金剛、誇大不實的雄昂暴力，為什麼深得妳心呢？沒人知道。妳從不醉，甚至臉也不紅，而其他家人喝多了酒，無不面紅耳赤。妳默默坐著嘻嘻笑，彷彿重拾妳過早失去的那份純真。

在那些時刻，我在妳身上認出我自己，預見自己活到妳這歲數的遠景。妳我礙於職責和擔憂，都太早交出童年，所以都想回頭去追討。

在妳家，妳對我連珠炮，一句接一句講個不停，我理解到，我和妳竟有一項共通點：總想彌補失去的時光。只可惜，時光永遠都不夠用。

十

可憐的亞洲人好苦喔，到處都是，煩死我了！某天在晚宴上，有個英國白人如是說。當然是在**開玩笑**。

就是說嘛。我也煩死了！我回應，全無玩笑意味。拖著我這身背景到處走，我煩死了。但願我的家史能多一些繽紛的細節，好讓我能高談高曾祖父揮軍出征外國，滿載寶物和戰利品而歸，世代相傳，傳進我的客廳當擺飾。但願我的高曾祖終生住同一地點，在某國的某鄉，縱使遠赴天邊造橋或鋪軌道，最後必定返回田園小部落，鄉民會豎碑紀念他們。

可惜事與願違。我有妳。妳是我的歷史。妳是我的過去，我的現在，我談的是妳。

二十

往事。歷史。我非學習更多不可，想知道更多，瞭解更多，分析更多，多做幾項推論。更多更多更多。

我活的就是這世界。我已懂得在「知」與「活」之間劃等號，而我想活。妳一定要一五一十全告訴我。時光正一點一滴流失中。妳別走。

我們要長長久久。

十

在英國，我發現當地人特有一種「散步」的習慣。我生長在攝氏三十度上下的高溫，伴隨超高的濕度，總覺得大雨會隨時從天而降似的。在這種情況下，很少人視散步為休閒，逼不得已才出門走動。常散步的只有穿單薄白背心的老漢，傍晚在住家附近蹓躂蹓躂。

以下是我首度從事英式散步的經驗。我應朋友之邀，與其家人一同下鄉度週末。(英文裡的 country 是鄉下，countryside 也是鄉下，到底差別在哪？）有人提議一起出去散步，我直覺以為是閒散繞一圈，穿越麥田景觀，看看三五成群的羊在草地上懶散啃著草。沒想到，英式散步是急行軍長征，全程將近兩個鐘頭，無論踏進泥地或刺莓藤夾道，腳程從不放慢。我朋友有友人住鄰村，正好也出來散步，在方圓數英里無住宅的野地巧遇，雙方討論著下禮拜一起吃午餐或晚餐，或選個週日吃茶餐。幾經辯論後，有人提議，「不如先散散步吧？」這套解決之道顯而易見，提議時的態度也認真，令人無法回絕。咖啡，或飲料，或正餐，無一像散步附帶著理念，因為散步意味著事後有獎賞可領，有一兩杯啤酒等著你，甚至可以去酒館吃午餐，散步操勞一陣後，縱情滿足口慾是當之無愧。

另外有一次在英國西南部的格洛斯特郡（Gloucestershire），午餐後，我朋友多邀幾人一同散步，無特定目標，隨處漫遊，步道沿著剛犁過的田野而過，空氣瀰漫著濃郁的土味。偶然，步道引領我們穿越詩情畫意的村子，有條小溪涓涓流過石橋下，樹林裡躲著一座小教堂。景觀乍然開展時，一座寬肩小山映入眼簾，棋盤狀農田整齊劃一，同行人紛紛出聲讚嘆。後來有位男士開口了。他出身英格蘭西南部，在倫敦當律師多年。他告訴大家，我講個你們一定覺得很怪的事。在這樣的時刻，我真的覺得自己「心繫」這片土地。他駐足欣賞美景，真心為眼前的景象感動。說起來是太多愁善感了，我曉得，不過我真的覺得，我屬於這裡。我感覺這一切……呃……這一切屬於我。

有人糗他，我的媽呀，我聽得快吐了。然而，再怎麼揶揄他，也無法否定他言語中透露的真摯。他的在地感令我動容，我將心比心，去認同他那份難以撼動的歸屬感，轉眼間，眼前的景觀不但優美，我更能體會到這裡是個安穩的好地方。

幾天後，我回到倫敦，我才聯想起自己心繫的大馬景觀，心繫馬來西亞「國」（譯註：國 country 和鄉村 country 同一字）。活到十幾歲，我才得知身為華裔馬國公民，我們於法無權擁有某些類別的土地，不得收購大片上等林地或房地產。生錯了種族，信錯了宗教。很少很少移民自視為移民，我們也不認為自己是，土地法卻一棒敲碎我們的大夢。我們能入籍，卻不能徹底擁有土地。

儘管如此，法律歸法律，個人仍能在 tanah air（家園）立足，與土地共建情誼。

三

我用手機打字時，有時明明按 love（愛），卻被改成 live（活）。撰寫本書期間，我搭公車火車靈感突發，趕緊用手機記下，數度被改成「過生活，無需多言」（Live, and be silent）。

幾個月前，馬來西亞電影人覃心皓（Tham Seen Hau）發表紀錄片，我前去捧場。該片追溯覃母的往事。母親小時候全家十口，住吉隆坡中低收入戶地段，於一九六九年五月十三日被捲入種族暴動。在那一天，多達數百名華裔公民遇害，覃母家五人也被列入死亡名單。翌日起，倖存的五人絕口不提遇害的親屬，五十年不曾論及他們身受的殘暴，雖然都住在相隔幾英里的地方，彼此卻罕有聯繫。

大屠殺事件死者葬在同一座墓園，該地最近被劃分為停車場預定地，墳墓即將被剷除。吉隆坡蓬勃發展中，現代化勢不可當，現在人人都有車，所以不得不增建停車場。五一三事件亡魂的舊事早被遺忘，容顏、個性、歡笑的模樣全消失無蹤，沒人記得他們愛吃什麼，事件當天有何遭遇。再過不久，連他們的姓名也將化為雲煙。如同紀錄片中一名倖存者表示，他們會變成小小一個數字，只是當天數百名死者當中的一個。

動亂都過去了，幹嘛再挖出來？覃心皓提議拍片紀念該慘案時，有人如此問她。我們應該好好生活在現代社會才對。受害人和加害人都不願往事被重提，不願再正視我們的柔弱，我們的侵略心。社會曾經如何虧待我們，我們曾經如何虧待他人，我們不願因此被界定。我們應該只展望未來。

我明白這道理。真的明白。

只不過。

三十

但願妳能給我以下的開導：

身為移民，應該時時刻刻高聲疾呼愛國。不把愛國兩字掛嘴上，表示你存心背叛，不知感恩。高喊愛國時，儘管你的愛既複雜又難以言喻，也要表演給別人看，大家看了會比較安心。

每隔一陣子，你要大聲說，身為馬來西亞人／英國人／美國人／某某國人，我引以為榮。要是你能把句子加長更好，例如講成：我知道我國有些毛病沒錯，不過，講句老實話，比起中國／巴基斯坦／奈及利亞等等，這裡的日子太理想了。就算你沒在國外住過，就算你和上一代都生在這一國，就算你們從沒在印度／中國／越南的生活經驗，你也可以這樣宣示。

事實上：愈早自認是移民愈好，這樣一來，你第一次聽見別人叫你「滾回某某國」，就不會感到霧嗄嗄。唯一的麻煩在於，土生土長的人不可能自認是移民——「移民」是別人貼在你身上的標籤。你完全覺得自己屬於這國家，而這國家也屬於你。即使等到你再大幾歲，受過多種文化薰陶，你想重拾祖籍定位，回到前幾代的祖國，走訪他們出航的港口，即使如此，你會覺得有點空虛，有點像在表演。（再怎麼說，小漁村現在成了大港，擠滿了油輪和貨櫃輪。你講父母和祖父母教你的語言，當地人覺得你的說法很萌，激似黑白片對白。）移民也好，外國人也好，以及任何相同概念的不同說法，顯現在你聽見的言語，全是你自己永難徹底體認的境界。

以上這一切，妳全瞭然於胸，但不知是本能使然或存心，妳決定不傳授給我。妳和我爸媽串通好了，護著我，培養我心繫這片土地，讓我靜靜愛著它，愛得自然，乃至於甚至不像愛，倒比較像更基本的東西，例如氧氣，是我吸收、合成的東西，是活著就能貢獻大環境的東西。我第一次被人用馬來語罵「中國豬」時，竟懷疑了一下，華人吃豬肉所以華人是豬嗎？或者另有一個我還無法理解的深奧原因？因為我才六歲大。妳對我說，沒事啦。妳笑說，他們還小，不懂在亂罵什麼。經妳這麼一說，我的問號馬上飄走了。在我腦海裡，我聽到、見到兩三個妳說的笨小孩，完全沒威脅性。往後，每次我聽到辱罵，總能以同樣態度聳肩應付。

事實上，我六歲被罵的那一次，對方並不是小孩，而是成年人。我一直不願出言更正，現在才告訴妳。

不久後，我頭一次聽見馬來語「滾回唐山」(balik Tongsan)，當下真的以為挨罵的不是我本人，而是北京來的路人甲，所以才被人趕回中國。假期結束了，航班即將起飛，該回國了。兒童的思想就有這種妙用，能編造不同的現實以自保。但有時候，這類故事太脆弱，禁不起考驗。我對妳提起「滾回唐山」事件，妳卻又想保護我。「哎呀，能滾回哪裡啊？」妳笑著說。「怎麼回去？能搭巴士回中國嗎？」被妳這麼一講，罵人的話變得荒唐，變得狗屁不通，天花亂墜，根本沒邏輯可言。然而，妳知我知，那句是真的用來罵人的，妳自己也聽過無數次。（妳個性太隨意，頭腦太精，不可能誤解。）我們站在廚房裡哈哈大笑。妳給我一杯甜麥茶，說，我們今晚去布先（Pusing）吃麵吧，我請你呷你最愛的福建麵。

在這樣的時刻，我明白妳的用心，妳不把辱罵當一回事，意在保護我，妳的沉默是愛的表徵。

去年七月在希臘雅典，午後豔陽炙熱，烤得天地一片白。我讀閒書發慌，決定去外面散步，不設目的地。我慢慢走，緊靠著有陰影的那邊走，以圖涼爽，從一區進入另一區時，儘量記住街名的轉變。我對大熱天甘之若素，但在這一天，連耐熱的我都不太受得了。挑最熱的時段外出是失策。我在衛城（Acropolis）周邊行人專用的大理石路上，走著走著，覺得頭重腳輕，於是找樹蔭下的矮石椅坐下，看著人來人往。儘管燠熱不堪，遊人仍不在少數，其中有幾群體面的中國觀光客，以帕德嫩神殿（Parthenon）為背景，擺電影巨星姿勢入鏡。女遊客穿著輕飄飄的白洋裝，頂著軟趴趴的大遮陽帽，男遊客穿工裝短褲，戴著環抱式太陽眼鏡。

有三、四名華人小販穿梭在遊客之間，對有錢的同胞兜售電池驅動的隨身電扇和塑膠露頭帽，只索價一兩歐元。小販來希臘多久了？胸懷什麼志向？沒人知道。至少以這年夏天來說，他們的生活重心是向觀光客兜售廉價塑膠小商品。

過了一會兒，最大群的遊客離去後，一名女販走過來，在我附近的樹蔭坐下納涼，打開一支隨身小電扇，舉到下巴，閉眼吹著風。她摘掉帽子，我看見她白髮多於黑髮。她從口袋掏出一把大白兔奶糖，細心剝開其中一顆的包裝紙，品嘗著甘甜的滋味，凝視著遠方。我說，「阿姨，妳吃那糖果，確定安全嗎？含三聚氰胺吧。」

她笑一笑，站起來。那是以前的事了，現在都用紐西蘭牛奶做的。上網查一查就知道。她嘿嘿笑著，把帽子戴回頭上。現在的年輕人啊，什麼都煩惱。

她瞧見新來一團觀光客正要下山。包包上肩，她離開我們同坐的樹蔭，旋即轉身，給我一支小電扇。她說，只賣兩歐元。我收下電扇，在口袋裡找硬幣半天，錢還沒掏出來，她就說，算了，收下吧。

語畢，她轉身就走，步伐急促，差點小跑步起來。

二十

這往事的時間點難以確定，不過，我們家在一九八三年底買了第一台彩色電視機，所以這事發生在約莫一年後。那時，我一有機會就守著電視，挨父母罵也不想關。爸媽並非怕我們近視，也不是要我們多多用功，而是擔心電視開太久會燒壞。電視壞了，家裡沒錢再買一台。那一天，我轉台看見一位美國歌星在唱歌。後來，我才知道他的藝名是「王子」，不過在當時，我根本不知他怎麼會上馬來西亞電視。他滿頭長髮，活力充沛狂野，動作毫無章法，在麥克風架前後左右亂舞。他嘴上有一條纖細的小鬍子，**而且**塗眼影和睫毛膏，**而且**還圍著一條飄逸的紅雪紡綢圍巾，男女特質混搭，嗆辣，新奇。多年後，我學到新詞彙，才知道正確的描述語是「非常規性別」(gender non-conforming)，也可以說是酷兒一族，不過在那一天，我只看得目不轉睛，開始思考我長大後想過什麼樣的生活。妳進客廳，站在我旁邊，看著電視。他用假音高歌，唱得很快，婆孫都聽不懂，但彼此都知道，在那時空裡，多數父母都會嫌他「不雅」，原因不一而足，全和傳統亞洲家庭裡不言自明的規範有關。也許是他的體態吧，缺乏陽剛之氣，等於是失敬(敬什麼？敬誰？)。像張國榮那樣，有辱世俗。那陣子，唱著〈Monica〉、穿著銀白色墊肩的張國榮，也常在電視亮相。我等妳損他，甚至叫我關電視，妳卻靜靜站著陪我看，歌快唱完了才微笑，用英語說，「非常好！」然後走開，留下我品味著電視上最後一幕，斑斕多彩，躍動著，彷彿籠罩在恍神迷霧中。

二十

最近，我在新加坡搭巴士，冷氣太強，我戴上兜帽，前座的女人正在看手機，我儘量不看，但不想注意也難。她正在視訊，對方鏡頭只呈現一個空房間，不見人影，幸好開著擴音模式，我聽得見背景裡有成年人的講話聲。接著，一個小孩，畫面出現一名小男童，握著一個塑膠玩具，舉向鏡頭前，然後放下，自個兒玩了起來，玩得好專心，頭也不抬，好像公車裡的這女人不存在似的。女人講一句他加祿語（Tagalog），小孩繼續玩，過幾秒溜走了，換一個玩具再露臉。我發現，女人捂著臉，以免被看見她在哭。

我努力把焦點放在手上的書，卻難以假裝沒聽見她。她的音量雖小，我還是聽得見。她說著他加祿語，Mahal ka ni mommy，然後再加強語氣：「媽咪愛你。」小孩沒聽進去，再度從畫面消失。

為了找工作，有些父母不得已扔下子女，遠赴外地求職，這種事我聽多了，已深植我意識中，我從來不覺得有什麼好奇怪。這種事甚至沒啥大不了，大家只隨口提一提，好像遠距親子情是放諸四海皆準的人生定律。**我被送去投靠我阿姨幾年；我們請姊姊幫我們帶寶寶一兩年**。這些事隨口講，含糊一語帶過，不僅代表親子分隔兩地很正常，也訴說著分離之痛多深，只能以敷衍一句的態度處理。親子分離有多痛，我永遠不願正視，不想知道那份痛如何千刀萬剮人心。但這現象太普遍了，我能視若無睹，當成是雨季鬧水災，當成是雪蘭莪州（Selangor）缺水。倒楣事難免嘛，而且通常發生在我們人生的外圍。我們睜一眼閉一眼，或三兩句編一套說法，化複雜為單純：「人生不就這樣嗎？」

但那天在公車上，妳的離情赤裸裸具體呈現在我眼前。妳，我母親，我父親，姨舅叔嬸堂表兄弟姊妹。當年父母離開妳，後來妳不得已離開孩子，每次幾個月無法相見。我問父母為何為了找工作而託親戚照顧六個月大的寶寶，他們嚅嚅說是不得已的事。「那樣做，你將來才不必做同樣的事。」

以我們家族來說，以類似我們家的家庭來說，分離是一種表達愛的方式。不只分隔兩地，連思想的隔閡也是。我們要下一代上學就業，要他們去浸濡我們無法享受的人生，心裡也明瞭一件事實：子女的歷練將拉大兩代之間的距離。我們的未來寄託在子女的成就，子女的人生進程只准升不准降，絕不可失敗。當前在亞洲，這才是社會地位起落的三昧。

婆孫對話的此時，我看著妳，見妳身子雖羸弱，語氣卻仍能壓過唧唧響的助聽器。妳這助聽器一直不太管用。我聽著妳講話，驚覺到，妳我相隔豈止千山萬水，兩人卻從未因此覺得更親近。助聽器鬼叫著，妳仍聽得見我，我知道。妳一向都聽得見我。

光漸漸微弱了，妳開始結巴。妳笑著回憶我兒時調皮搗蛋，重提我的病，全是我們聽過幾百遍的往事。妳的眼眸無神，嗓音沙啞，喝水時水流到下巴，滴濕了上衣。

我母親和舅舅來了。阿嬤累了，她講夠多了，讓她休息吧。

在無言的空檔，妳講個不停，但大家都明白時間到了。妳現在該睡覺了，我也該走了，我向來待不住。

再坐一會兒嘛，妳說。我帶你去布先，請你呷一碗你最愛的福建麵。來，我給你買。

下次再說吧，阿嬤。下次。

評析

那張臉、陌生人與倖存者

熊婷惠（淡江大學英文系助理教授）

歐大旭儼然已是當代馬來西亞英文作家中不可忽視的名字。從首部小說《和諧絲莊》（2005）面市，且在國際文壇展露鋒芒之後，他幾乎每隔四年便交出一部長篇小說，迄今已著有四本長篇，且皆有中文譯本在臺灣出版。夾在《五星豪門》與《倖存者，如我們》中間的是短篇回憶錄《臉：碼頭陌生人》（*The Face: Strangers on a Pier*, 2016），也就是如今時報文化出版的《碼頭上的陌生人》(*Strangers on a Pier: Portrait of a Family*, 2021)的前身。

《臉：碼頭陌生人》是由創立於二〇一三年，相當年輕的騷動出版社(Restless Books)推出的系列叢書中的一本。除了歐大旭以外，另外兩位作家分別是露絲·尾關(Ruth Ozeki)和克里斯·阿巴尼(Chris Abani)。這三位作家的共同點是，他們都可被稱為族裔作家，帶有多重文化身分背景。他們各自以「臉」為題，譜寫出這張臉上的故事。騷動出版社在介紹這套系列叢書時提到，「臉」的發想概念來自波赫士(Jorge Luis Borges)的一段文字。一九六〇年，波赫士在《夢虎》(*Dreamtigers*)結語裡寫道：「有一個人決心要畫出這個世界的樣貌。經年累月下來，他在某個空間畫滿了省市、王國、山巒、海灣、船隻、島嶼、魚群、房間、工具、星辰、馬匹與人的圖像。在他離世前不久，他發現，那些堅毅的線條形成的迷宮所勾勒的，竟是自己那張臉的輪廓。」

臉，確實如迷宮般難解。臉上的眼珠顏色、單雙眼皮、膚色深淺、鼻梁高低，除了作為表象的生理特徵，也被外加了美醜的定義，賦予相對應的身分位階與附加利益。摩里森（Toni Morrison）的《最藍的眼睛》（*The Bluest Eye*）寫藍眼珠象徵的種族優勢，羅斯（Philip Roth）的《人性汙點》（*The Human Stain*）寫膚色極淺的非裔主角跨過膚色的表象，過關成功偽裝（pass as）為猶太裔，並以此樣貌娶妻生子，不為人所懷疑。臉決定了親疏遠近、同類與非我族類；告訴了對方眼見為憑的訊息，卻也提醒對方再想想那眼見為憑的判斷是否過於武斷。歐大旭在曼谷、尼泊爾、上海、香港機場、東京街上都曾經被當地人視為自己人，他的臉能在亞洲文化場景中穿梭無礙，他的「族裔身分具可塑性，能順應周遭人群自我變造」。這有時是優勢，尤其是身處異地時，但這卻也同時遮掩了自己的故事。於是，臉說不出的，得用語言來添補。正如扉頁那幾道用當地語言書寫的宣言：「我不是泰國人。我不是日本人。我不是韓國人。我不是印尼人。我不是尼泊爾人」，這些以否定句開始的聲明，正是準備訴說自己是誰的開場白。

在說明自己是誰之前，歐大旭說了祖父和外公的故事。那是個典型的一九二〇年代中國南方人民因避人禍、避饑荒而下南洋的故事。他遙想祖父和外公踏上新加坡碼頭的時刻，臨海濕熱的空氣或許帶來些許故土的熟悉感，但依舊是「陌生人，在碼頭上徬徨。」勾連起歐大旭與先祖產生相同地方感知的是港市與碼頭；他抵達紐約或上海，想到的卻是祖父與外公踏上的新加坡。爺爺與外公的故事背後更是一連串來自同鄉或同宗的人際網絡，但是對歐大旭而言，這幅人際網絡無從溯源，因為這由某人的某人的某人所展開的人際網絡，打探追問只能得到「不知道」

的回覆。答案無從探知，成了移民的「抵達之謎」。這是另一群碼頭陌生人的故事。

如果凡走過必留下足跡，為何那群陌生人留下的足跡難以尋訪？歐大旭在一次難得的父子談心中找到了答案，「恥於回首」，他的父親如是說。避重就輕、一語帶過的認命態度彷彿是上一輩在面對逆境時的默契。對於孫女隻身在新加坡求學的苦日子，歐大旭的外公只說了句：「可是，我們是移民啊。」彷彿移民身分是個熬過艱難歲月的認證標章，活下來的人，背負著移民歷史的後代有了這個印記，就得繼續吃苦耐勞、抑鬱度日。而在那艱難歲月中熬不過的，罹患身心病的親屬成了家族汙點，難以啟齒的如煙往事，不符合中產階級亞洲人發跡的故事情節。但歐大旭卻偏偏要寫出那些被認為「全是窮人故事啦，沒意思」的事，那些在成功光耀門楣之前的辛酸苦楚、在背光面的陰影、在歷史皺褶處被隱蔽的生命，是他要挖掘出的寶藏；而這一些在《和諧絲莊》、《倖存者，如我們》的角色設定和情節裡，早已有跡可循。

他所挖掘出的，除了家族中男性成員的回憶與生命經驗，便是第二部分「瑞意：萬古千秋」所著重的外祖母的故事。外婆的故事在二〇一六年出版的《臉：碼頭陌生人》缺席，如今得以現身，「一個家族的畫像」終於完整了。第一部分「臉」寫歐大旭觀察到男性移民說不出口的「家醜」與他成長過程中觀察到的貧富和階級差距，寫解殖後轉型正義的迫切、粗暴及弔詭，寫華僑與祖國的身世牽連。第二部分的「瑞意」則可視為充滿情意的哀悼文，回憶了與外祖母共享的那些日常片刻。也因此，這一部分的語氣相較於前一部分，來得更加溫柔，也多以第二人稱來書寫，就像是歐大旭把來不及當面與外婆說的話，寫在這裡了，也希望外婆的故事可以「萬古千秋」。

瑞意的故事就是一名倖存者的故事。她家境貧寒，自幼便失去雙親，只得寄人籬下，小小年紀便得賺錢供家用。頭腦靈活但教育程度不高、有主見卻得內斂其光芒於丈夫之下。亞洲鄉下女人的赤貧故事難登大雅之堂，也無法激起讀者的興趣，「沒人有興趣出版血淚回憶錄」，歐大旭參加知名作家舉辦的工作坊，在筆記本上寫著該作家的建議。某個晚宴上有一名英國白人開玩笑說道：「可憐的亞洲人好苦喔，到處都是，煩死我了！」寫出父親、祖父、外祖父、外祖母故事的家族畫像，便是歐大旭的回應：亞洲人真的是苦；移民的離散經驗就是充滿血淚的故事。外婆是歐大旭的歷史與過去，他不僅寫下外婆的故事，也提及五一三事件的倖存者後代。外婆的離世既無法逆轉，便以文字留下她，如此，「我們才能長長久久」，方法是——以書寫來對抗遺忘與輕忽。

書寫無非是為了愛，他數度用手機打字時，卻被手機的辨字系統糾正，明明按出love，硬被改為live。人工智慧將他的句子改成「過生活，無需多言」，頗有戒嚴時期的警告意味。但這本書卻是反其道而行，要過活，就得「知道更多，瞭解更多。」於是，他小說中的背景一直脫離不了馬來西亞，這是他心繫家國的方式。然而，《和諧絲莊》出版後，馬來西亞的讀者並未一味地同聲稱讚，而是以更高規格、真切的眼光來檢視這部在國際文壇發光的馬來西亞小說。批評者在乎的是小說擺盪在虛構與真實之間，對特定地點間的距離安排過於牽強，架空了實際的地理位置。加之書寫馬來西亞近代史、甚至近在眼前的當代社會議題，也招來是否為了迎合西方讀者獵奇心態與優越感的質疑。面對這樣的挑戰，歐大旭不加辯駁，只實現他從外婆瑞意身上學到的「默默的愛」。他寫出族人移民、離散經驗以家族私史的方式傳遞、灌注在他身上；他寫馬來西亞社會存在的階級差異。如今華人在馬來西亞落地生根是不容質疑的事實，但曾經離散的過往同樣也不容遺忘，因為那就是自己的家族生命史的一環。

離散的現象還在發生。一九七〇年代末逃離越南的船民、二〇一一年後因敘利亞內戰而流離失所、逃亡國外尋求庇護的難民，不論是偷渡或循正規管道上岸，這些人同樣踏上某個碼頭，成為對當地人來說的陌生人。將《碼頭上的陌生人》放置在離散論述的脈絡下來閱讀，不僅僅是談移民與原鄉的縱向連結，也可與全球尚在經歷、已述說、待述說的離散故事橫向連貫。離散，無論是自願或非自願，皆涉及離開、出走、斷裂，這些行爲也都會留下傷痕，難免充滿悲劇調性。然而，看待離散的眼光可以是正面積極的，例如去善待身邊的離散者，初來乍到的「陌生人」，因為我們也有機會踏上另一座城市，成為當地的陌生人。我們希望陌生人能夠理解我們，對方也希望我們能理解他們。每個人都期盼在面對陌生環境、困境時，能成為被他人理解、能不避諱地說出自己過去的倖存者。

VIEW 125

碼頭上的陌生人

作　者—歐大旭（Tash Aw）
譯　者—宋瑛堂
「浮羅人文」書系主編—高嘉謙
主　編—何秉修
校　對—Vincent Tsai
企　劃—陳玉笈
封面設計—陳恩安

總編輯—胡金倫
董事長—趙政岷
出版者—時報文化出版企業股份有限公司
一〇八〇一九台北市和平西路三段二四〇號七樓
發行專線—（〇二）二三〇六六八四二
讀者服務專線—〇八〇〇二三一七〇五
（〇二）二三〇四七一〇三
讀者服務傳真—（〇二）二三〇四六八五八
郵撥—一九三四四七二四時報文化出版公司
信箱—一〇八九九臺北華江橋郵局第九九信箱
時報悅讀網—http://www.readingtimes.com.tw
時報文化臉書—https://www.facebook.com/readingtimes.fans
法律顧問—理律法律事務所　陳長文律師、李念祖律師
印　刷—勁達印刷有限公司
初版一刷—二〇二三年三月三日
定　價—新台幣二八〇元

時報文化出版公司成立於一九七五年，
並於一九九九年股票上櫃公開發行，二〇〇八年脫離中時集團非屬旺中，
以「尊重智慧與創意的文化事業」為信念。

碼頭上的陌生人 / 歐大旭著 ; 宋瑛堂譯 . -- 初版 . -- 臺北市 :
時報文化出版企業股份有限公司 , 2023.03
面 ;　公分 . -- (View ; 125)
譯自 : Strangers on a pier
ISBN 978-626-353-402-5(平裝)

868.755　　111022158

ISBN 978-626-353-402-5
Printed in Taiwan